Erwin Plachetka

Der Weihnachtswald

Der Weihnachtswald

Weihnachtsgeschichten

Erwin Plachetka

Bibliografische Information der Deutschen Nationalbibliothek:
Die Deutsche Nationalbibliothek verzeichnet diese Publikation
in der Deutschen Nationalbibliografie. Detaillierte bibliografische
Daten sind im Internet über dnd.dnd.de abrufbar

TWENTYSIX - Der Self-Publishing Verlag
Eine Kooperation zwischen der Verlagsgruppe Random House
und BoD - Book on Demand

© 2017 Erwin Plachetka
1. Auflage September 2017
Herstellung und Verlag
BoD - Books on Demand

ISBN 978-3-740732-23-3

Inhaltsangabe

Ein Pharisäer zu viel	7
Expedition zum Weihnachtsmann	11
Der Engel, der vom Himmel fiel	15
Nikolaustag	19
Der Weihnachtswald	21
Der Stern von Koppelo	26
Der gefallene Weihnachtsmann	31
Das verschwundene Jesulein	35
Ein außergewöhnlicher Weihnachtsmann	40
Der weihnachtliche Heimkehrer	45
Weihnachten an Bord	48
Finnische Weihnacht	52
Der Weihnachtseinkauf	55
Der Weihnachtsmann ist auch nur ein Mensch	57
Der Weihnachtsbaum	62
Die zerbrochene Tannenbaumspitze	66
Es ist ein Ros entsprungen	70
Hannas Rückkehr	74
Der verunglückte Weihnachtsmann	80
Tannenbäume	84
Merry Christmas	88
Der Weihnachtsmann hält sein Versprechen	90
Über den Autor	97

Ein Pharisäer zu viel

Fiete Fredersen war auf Drängen seiner Frau mit ihr in die Adventsandacht gegangen. Eigentlich konnte er, wie er sagte, dem ganzen Zauber nichts abgewinnen. Alles nur Hokuspokus und Himmelskomik. Aber er duldete die Gläubigkeit seiner Frau und wollte ihr die aufkommende Weihnachtsstimmung nicht vermiesen. Also trottete er brav mit in die Kirche. Der Wind vom Meer hatte an Intensität zugenommen und pustete sich langsam zu einem ordentlichen Sturm auf. Die Nordsee war schon dicht an die Deiche getreten und die gierigen, gefräßigen Wellen mit ihren weißen Schaumkronen, die der Wind in einen Schleier zerstäubte, schienen nichts Gutes zu verheißen.
Stumm waren sie nebeneinander, gegen den Sturm ankämpfend, den Deich entlang zur Kirche gegangen. In den schmalen Gassen des Dorfes heulte Gevatter Wind sein klagendes Lied. Da waren sie froh, als sie die warme Kirche erreichten, wo sich die Gemeinde bereits versammelt hatte. Husten und leises Gemurmel erfüllten das Gotteshaus. Eine gewisse Spannung lag über allen, denn es hatte sich herumgesprochen, dass Pastor Hinnerk Harmsen anlässlich des bevorstehenden Weihnachtsfestes seiner sündigen Gemeinde die Leviten lesen wollte. Fiete und Anna Fredersen krochen in die vorletzte Bankreihe, begrüßten kopfnickend die Bekannten und Freunde und warteten mit ihnen auf das Einsetzen der Orgel, die Küster Finn Klüver vortrefflich zu bedienen pflegte.
Kaum hatten die ersten Töne eingesetzt, verstummte das Gemurmel und der Pastor rauschte mit forschem Schritt, seine Hände betend vor den mächtigen Bauch gefaltet, vor den Altar, verbeugte sich vor dem Kreuz und wandte sich seiner Gemeinde zu. Sein Gesicht hatte eine ungesunde Röte angenommen, die nicht nur vom

eisigen Wind oder vor Erregung herrührte. Fiete Fredersen konnte sich ein Grinsen nicht verkneifen. Anna hatte es bemerkt und stieß ihm kräftig in die Seite. Dann dröhnte die mächtige Stimme des Gottesmannes durch das Kirchenschiff. Er zitierte aus der Bibel, kam von Adam und Eva über Kain und Abel zu Maria und Josef. Sprach von Barmherzigkeit und Gastfreundschaft und schalt seine Schäfchen angesichts der ablehnenden Haltung gegenüber der Aufnahme von Flüchtlingen als gottlose Bande, die das Evangelium mit Füßen traten und herzlose Banausen seien. Er, der Pastor selbst, habe, wie hier alle wüssten, eine arme Familie aus Syrien, die vor Krieg, Hunger und Elend geflüchtet seien, in seinem Gotteshaus aufgenommen. Warum, so donnerte es durch die Kirche, versperre sich die Mehrheit der hier Anwesenden gegen die Aufnahme von lediglich zwanzig Asylsuchenden?
Die Köpfe der Versammelten waren verschämt zu Boden gesenkt. Betroffene Stille war eingekehrt, als Hinnerk Harmsen seinen Worten eine wirkende Pause gönnte. Dann hub er von Neuem an und fragte, ob denn Jesus Botschaft nicht in den Köpfen der hiesigen Bewohner angekommen sei? Wo sei denn hier die Barmherzigkeit und Hilfsbereitschaft? Als er seine Gemeinde genug gedemütigt hatte, gab er dem Küster ein Zeichen und ließ die Gottesdienstbesucher „Ein feste Burg ist unser Gott" singen. Danach betete er mit seinen Schäfchen und befahl ihnen, sich zu besinnen und am Heilig Abend zahlreich dem Gottesdienst beizuwohnen.
Als Pastor Hinnerk Harmsen seine Gäste entließ, war ein deutliches Aufatmen zu vernehmen. Vor der Kirche versammelten sich Frauen und Männer getrennt zu Grüppchen. Ein aufgeregtes Tuscheln war im pfeifenden Wind zu hören. Die Männer beschlossen, die Diskussionen im Wirtshaus fortzuführen. Machten ihren Frauen klar, dass weitreichende Beschlüsse zu bekakeln seien

und es besser sei, dass die Frauen aufgrund des anstehenden Sturmes sich besser in die warmen Wohnstuben verziehen oder in den Küchen das sonntägliche Mal vorbereiten sollten. Aufmüpfig, wie Frauen heutzutage nun einmal sind, lachten sie die Männer aus und sagten, dass sie sich dann eben bei Gesine zusammensetzen, ein Sektchen trinken und eigene Beschlüsse fassen würden. Die Männer winkten belustigt ab und begaben sich gegen den Wind gestemmt zu Olaf Hemmerlings Kneipe.

Dort brannte die Diskussion um die Schelte des Pastors wieder auf. Und zu allem Übel, man hatte sich gerade so richtig in Rage geredet, öffnete sich die Kneipentür und der Gottesmann in seiner imposanten Gestalt betrat den Schankraum. Prompt erlosch die Debatte und die Köpfe senkten sich den Getränken zu.

„Olaf, mach mir mal nen Pharisäer", dröhnte die Stimme des Kirchenvertreters. Das war genug Anlass, die Stimmung zu lockern.

„Komm setz dich zu uns", wurde er aufgefordert und Hinnerk Harmsen nahm die Einladung dankend an.

Wenn er eines in seinem Studium gelernt hatte, dann war es, Menschen zu bekehren. Und so gelang ihm nun, was ihm in der Kirche noch versagt blieb, er öffnete die Herzen der rauen Friesen und bekam von ihnen die Zusage, dass noch vor dem Weihnachtsfest die örtliche Turnhalle zur Aufnahme von Flüchtlingen vorbereitet würde. Darauf musste natürlich angestoßen werden.

Als Pastor Hinnerk Harmsen Arm in Arm mit Fiete Fredersen das Wirtshaus verließ, torkelten sie gemeinsam ziellos durch die Gassen des Ortes, bis Fiete Fredersen ein Einsehen hatte, den Pastor herzlich umarmte, was für ihn außergewöhnlich war, und seinen Heimweg einschlug. Hinnerk Harmsen beflügelte eine Glückseligkeit. Er warf sich dem Sturm entgegen, stellte sich auf den Deich und sah dem Blanken Hans bei seiner Arbeit zu. Da erhellte sich der Himmel über dem tosenden Meer und ein leuchtender Engel blickte gutmütig auf den Kirchenmann hernieder. „Dir sei die Weihnachtsbotschaft verkündet", dröhnte es in des Pastors Ohren. „Der Herr ist dein Hirte und du sein begnadeter Verkünder!" Dann erlosch die Erscheinung und Hinnerk Harmsen sank auf die Knie. Aber am nächsten Tag wusste er nicht mehr, waren es die Pharisäer oder nur eine Halluzination? Letztendlich glaubte er jedoch, dass sein Herr ihn erhört und ihm den Engel der Verheißung auf Erden geschickt hatte.

Expedition zum Weihnachtsmann

Vater hatte uns Jungen eingeprägt, den im Dorf allgemein als „dunklen Wald" bezeichneten Forst zu meiden. Sumpfiger Boden und Wildwuchs sorgten für Gefahren. Und überall dort, wo Gefahren lauerten, herrschten auch böse Geister. Zudem machte sich in unserer Jungenclique das Gerücht breit, dass tief im Inneren dieses „dunklen Waldes" der Weihnachtsmann seine Werkstätte hätte und er sein Gebiet nur durch dieses unwegsame Gelände vor verbotenem Zutritt schütze.
So etwas weckt natürlich die Niergierde wissbegieriger Jungen, die noch das Leben vor sich haben und glauben, die Welt neu entdecken zu müssen. Das Weihnachtsfest kündigte sich an. Schnee hatte die Welt wie mit einer dicken Watte überzogen. Wunschzettel waren geschrieben, aber noch nicht abgegeben, und die Neugierde war geblieben. Wenn der Frost den sumpfigen Boden zu einem harten Untergrund hat werden lassen und dämpfender Schnee darüber lag, dann wäre es doch ein Leichtes, den Weihnachtsmann in seiner Werkstatt zu besuchen und ihm die Wunschzettel direkt zu übergeben.
Gedacht, getan. Jussi, Matti, Raimo und ich hatten uns unsere wärmsten Wintersachen angezogen, Rücksäcke mit Proviant, Astscheren und natürlich den Wunschzetteln bepackt, die Ski untergebunden und den Eltern gesagt, dass wir zu einer Skiwanderung aufbrechen würden.
Am Rande des „dunklen Waldes" mussten wir die Ski ablegen, denn durch das Dickicht gab es keinen Weg und keine Piste mehr. Wir nahmen unsere Astscheren, schnitten störende Zweige und Äste ab und kämpften uns so mühselig voran. Uns schien es eine Ewigkeit, bis wir zu einer Lichtung kamen, auf der eine alte, graue Holzhütte stand. Uns stockte der Atem. Sollte der Weih-

nachtsmann etwa in so einer kleinen, armseligen Hütte seine Werkstatt haben. Wir hatten uns, wie wir es in Filmen gesehen hatten, diese immer als große Fabrik mit Laufbändern und unzähligen Tontus vorgestellt, die dem Weihnachtsmann zur Hand gingen. Und nun diese schäbige Hütte.

Vorsichtig näherten wir uns der Bretterbude. Zu unserem Erstaunen schien Licht durch das einzige Fenster. Es musste also jemand da sein. Und plötzlich vernahmen wir ein leises Läuten von einer Glocke hinter dem Haus. Wir erstarrten, blieben wie angewurzelt stehen und lauschten. Da war es wieder. Sollten wir es wagen, dem Geräusch nachzugehen? Oder sollten wir vorsichtig an die Tür klopfen. Ich empfahl, erst einmal dem Läuten auf die Spur zu gehen. Also schlichen wir uns, eng zusammen bleibend, zur Rückseite des Hauses, vermieden es, am beleuchteten Fenster vorbei zu kommen.

Wie groß war unsere Überraschung, als wir hinter dem Haus zwei Rentiere entdeckten, von denen eines eine kleine, goldene Glocke um den Hals hatte. Und neben den Rentieren stand ein Schlitten. Das konnte nur das Fuhrwerk des Weihnachtsmannes sein. Wir hielten uns kichernd die Hände vor den Mündern. Wir hatten tatsächlich die Werkstatt des Weihnachtsmannes entdeckt. Aber hatten wir auch den Mut, dem rotberockten Mann gegenüber zu treten? Irgendwie hatten wir es jetzt doch mit der Angst zu tun bekommen. Wie begegnet man diesem Mann? Was sagt man ihm? Kann man ihm tatsächlich die Wunschzettel überreichen?

Wir zögerten, wagten uns nicht vom Fleck zu rühren. Da hörten wir ein kräftiges, dunkles Husten aus der Hütte und mit tiefer Stimme sagte jemand: „Nun kommt schon rein!" Wir schlotterten vor Angst, sämtliche Courage hatte uns verlassen. „Nun macht schon!", erschallte es von drinnen. Meine Freunde schoben mich vor und im

Gänsemarsch schlichen wir geduckt um das Holzhaus zum Eingang. Ängstlich klopfte ich an die Tür. Und das „Herein" ließ uns wieder zusammenzucken. Aber jetzt waren wir so weit gegangen, jetzt mussten wir auch den letzten Schritt tun.

Ich öffnete die Tür und wurde von meinen Freunden nach vorne geschoben. Da saß er! Der leibhaftige Weihnachtsmann mit seinem roten Anzug und den weißen Haaren und Bart!

„Kommt rein!", donnerte seine tiefe Stimme. „Der letzte macht die Tür zu. Es ist bitter kalt draußen."

Wir stellten uns vor ihm auf. Er saß hinter einem langen Tisch, auf dem etliche Kerzen brannten.

„Nun, was führt euch zu mir?", fragte er und blickte einen nach dem anderen an.

Matti, der neben mir stand, stieß mir in die Seite. Ich räusperte mich und sagte kleinlaut: „Wir wollten dir unsere Wunschzettel überbringen."

„So, so", sagte der Weihnachtsmann, „haben euch eure Eltern nicht verboten, den „dunklen Wald" zu betreten?"

„Ja, schon", stammelte ich, dem es oblag, das Gespräch mit dem Weihnachtsmann zu führen.

„Ja, und? Warum habt ihr nicht gehorcht?"

Betreten schauten wir auf unsere Füße, bis Matti mich wieder anstieß und ich mich genötigt sah, zu antworten.

„Wir wollten ... äh, wir ..."

„Ja?", donnerte sein Bass wie eine vorweggenommene Strafe.

„Ähm, ja ... also ..."

„Wir wollten dich persönlich kennen lernen", platzte es aus Jussi heraus.

„So, so, und da ignoriert ihr einfach die Verbote eurer Eltern. Aber ihr habt Glück", sprach der Weihnachtsmann nun mit einer milderen Stimme, „ich will mal nicht so sein. Also, ihr wollt mir eure Wunschzettel überbringen?"

„Ja", sagte ich erleichtert und schüttelte sofort meinen Rucksack vom Rücken, was mir meine Freunde gleichtaten. Geschwind kramte ich meinen Wunschzettel hervor, den ich in einen Briefumschlag gesteckt und mit „An den Weihnachtsmann" adressiert hatte. Stolz überreichte ich ihn dem Weihnachtsmann. Meine Freunde folgten meinem Beispiel.
Der Weihnachtsmann nahm sie entgegen, sah uns mit ernster Miene an und sagte jetzt wieder mit strengem Ton: „Wollen mal sehen, ob eure Wünsche überhaupt erfüllt werden können, wo ihr doch das Verbot eurer Eltern ignoriert habt. Ich werde es mit meinen Gehilfen beraten." Dann gab er uns ein Zeichen, dass wir gehen sollten. Bedrückt schnürten wir unsere Rucksäcke und schlichen aus der Hütte.
Draußen atmeten wir erst einmal auf und es dauerte lange, bis wir unsere alte Fröhlichkeit wieder fanden. Dann neckten wir uns, tobten durch den Schnee und waren stolz darauf, den wahren Weihnachtsmann gesprochen zu haben.

Am Heiligen Abend erfüllten sich tatsächlich fast alle unsere Wünsche. Nun konnten wir endlich unseren Eltern beichten, dass wir durch den „dunklen Wald" zum Weihnachtsmann gelangt waren. Mahnend, aber doch lächelnd, nahmen sie unsere Beichte entgegen.
Jahre später gestand mir jedoch mein Vater, dass sich hinter dem „wahren Weihnachtsmann" ein Nachbar verbarg. Unseren Eltern war unser Plan nicht verborgen geblieben und so hatten sie für die größte Überraschung unserer frühen Kindheit gesorgt.

Der Engel, der vom Himmel fiel

Petrus hatte die jungen Lümmel schon mehrfach ermahnt, mit dem Gebalge aufzuhören. Sie sollten sich lieber auf die Einstudierung der himmlischen Chöre zum Weihnachtsfest konzentrieren. Er hatte genug Mühe, die junge Rasselbande im Zaum zu halten. Aber kaum hatte er seine Ermahnung zum vierten Mal ausgesprochen, war es auch schon geschehen. Balthasar, einer der lebhaftesten Jungengel, war von der Wolke gefallen und im rasenden Tempo zur Erde gesaust. Sofort läutete Petrus sämtliche Himmelsalarmglocken, um die Rettungsaktion für seinen verlorengegangenen Schützling einzuleiten.

Balthasar hatte seinen Sturzflug im letzten Moment noch mit ein paar Flügelschwingen bremsen können, war aber recht unliebsam in einem Schneehaufen in einem entlegenen finnischen Dorf gelandet. Dabei hatte er sich seinen rechten Flügel verstaucht und war nicht mehr in der Lage, seine Schwingen zum Auftrieb einzusetzen.

Als er sich schüttelnd erhob und den kalten Schnee von sich streifte, wurden ihm die Augenpaare gewahr, die gebannt auf ihn starrten. In einer ihm merkwürdig klingenden Sprache redeten drei dick vermummte Jungen auf ihn ein und Balthasar musste erst einmal sein Sprachverständnis auf dieses Kauderwelsch einstellen, bis er endlich das richtige Programm gefunden hatte und nun die Jungen verstand.

„Wer bist du denn? Wo kommst du denn her? Hast du keine Winterkleidung? Frierst du nicht in deinem dünnen Hemdchen? Wozu hast du die komischen Dinger auf dem Rücken? Schickt dich der Weihnachtsmann? Kannst du meine Wünsche erfüllen? Bist du aus einem Flugzeug gefallen? Kannst du mit den Dingern fliegen?" Fragen über Fragen prasselten auf ihn ein. Und mittlerweile spürte Balthasar, dass er für dieses kalte, weiße Zeug da auf der Erde nicht richtig gekleidet war. Er begann zu frieren und zu bibbern.

„Komm", sagte der größere der Jungen und reichte ihm die Hand, „wir bringen dich ins Haus, da kannst du dich am Kamin wärmen und uns deine Geschichte erzählen."
Balthasar nahm dankend die Hilfe an, folgte den Jungen in ein wohligwarmes Zimmer, in dem in einem Kamin ein wärmendes Feuer brannte. Die Jungen hatten sich geschwind ihrer Jacken, Stiefel und Mützen entledigt und hockten sich zu Balthasar, der sich vor das Feuer gesetzt hatte und seine fast erfrorenen Glieder wärmte.

„Nun erzähl schon", forderte ihn einer der Jungen auf, „wie kommst du auf unsere Schneeburg? Wir haben den ganzen Vormittag daran gebaut und du hast sie zerstört."

„Nun mach ihm doch keine Vorwürfe", sagte der Größere, „er ist doch bestimmt nicht mutwillig darauf gefallen oder?"

„Nein, nein", bemühte sich Balthasar schnell zu antworten, „das war ein Unfall. Ich habe mit den anderen vom Himmels-chor herumgebalgt und bin dabei von der Wolke gefallen."

„Von der Wolke gefallen?", fragte der Größere skeptisch.

„Ja", antwortete Balthasar, „wir hatten Chorprobe auf der Chorwolke. In wenigen Tagen ist doch Weihnachten und bis dahin muss der Jubelgesang doch sitzen."
Die Jungen sahen sich kichernd an. „Bist du denn ein Engel?", fragte der Mittlere der Dreien.

„Ja, seht ihr doch, ich habe doch Flügel und mein Engelkleid an."

„Kennst du denn den Weihnachtsmann?", fragte der kleinste Steppke.

„Natürlich", antwortete Balthasar, „hin und wieder muss ich für ihn arbeiten. Nur diesmal war ich zum Himmel-

schor eingeteilt, um beim großen Halleluja mit zu singen."
„Dann kannst du dem Weihnachtsmann doch auch sagen, was ich mir wünsche und dass er mir den Gameboy gefälligst zu bringen hat", krähte der Kleine recht forsch heraus.
Balthasar schmunzelte weise. „So, mein Kleiner, läuft das nicht", sagte er. „Wenn du Wünsche hast, dann musst du ihm die schriftlich mitteilen und schön bitten, nicht fordern. Auf Forderungen reagiert der alte Mann da oben recht allergisch. Forderungen erfüllt er prinzipiell nicht."
„Ich kann aber doch noch gar nicht schreiben", erwiderte der Kleine.
„Aber du hast doch Eltern oder Geschwister, die das können."
„Klar", mischte sich der Große ein, „ich hab ihm doch auch schon seinen Wunschzettel geschrieben. Bin doch sein Bruder."
„Und? Hast du geschrieben, dass dein Bruder den Gameboy fordert?", fragte Balthasar nach.
„Selbstverständlich nicht. Weiß doch jedes Kind, dass man schön bitten muss", antwortete der Große.
„Dann bin ich ja beruhigt", sagte Balthasar. „Hört zu", wandte er sich an die Jungen, „ihr müsst mich für die Nacht verstecken. Die Erwachsenen dürfen mich nicht sehen, sonst kann ich nicht zurück und dem Weihnachtsmann eure Wünsche vortragen. Ich muss meinen Flügel über Nacht heilen, damit ich wieder fliegen kann."
Die Jungen freuten sich über dieses kleine Geheimnis, das sie gegenüber ihren Eltern haben würden und versteckten Balthasar in ihrem Zimmer unter dem Bett, nicht ohne ihm vor dem Schlafengehen noch ihre geheimsten Weihnachtswünsche zu verraten.

Als die Jungen am nächsten Morgen aufwachten und nach Balthasar schauten, war dieser nicht mehr da. Denn das himmlische Engelsrettungskommando hatte in der Nacht Balthasar geborgen und in das Himmelshospital gebracht, wo ihm der Flügel gerichtet wurde und Petrus ihm erst eine kräftige Standpauke hielt, um ihn dann in seine Arme zu schließen und seine Freude zum Ausdruck brachte, dass ihm nichts Schlimmeres passiert war.

Balthasar machte sein Versprechen wahr. In einer Chorprobenpause suchte er den Weihnachtsmann auf und berichtete ihm von den sehnlichsten Wünschen der Jungen. Der alte Mann wollte mal sehen, was erfüllenswert war, denn alle Wünsche wollte er nicht erfüllen, damit würde er nur Unzufriedenheit hervorrufen. Es musste im Leben doch immer noch was geben, wonach die Menschen streben konnten.

Und als die Bewohner des Dorfes mit ihren drei Jungen am Heiligabend in der Kirche saßen und das himmlische Halleluja schöner als jemals erklang, da sahen die Jungen, wie ihnen Balthasar zuzwinkerte.

Nikolaustag

Aus dem Seminarraum blicke ich auf den Senatsplatz. Vor mir doziert Marie-Luise, will mir und meinen Kommilitonen Finnisch beibringen. Aber ich kann mich nicht konzentrieren. Der vollgeschneite Senatsplatz mit dem Alexander-Denkmal vor dem Helsinkier Dom wird heute Abend voller Menschen sein. Jetzt hasten die Schaufelbagger über den Platz. Räumen ihn vom Schnee. An den Seiten häufen sich bereits die Schneeberge.
Rechtzeitig zum Unabhängigkeitstag hat uns Marie-Luise die finnische Nationalhymne beigebracht: Oi maamme, Suomi, synnyinmaa! Oh unser Land, Finnland, Heimatland! Während im fernen Deutschland der Nikolaustag gefeiert wird und die kleinen Kinder von Tür zu Tür laufen und mit Gedichten und Liedern um milde Gaben bitten, wird in Finnland der Unabhängigkeit vom russischen Joch gedacht. Dort oben auf den Treppen zum Dom werden heute Abend feierliche Reden geschwungen und die finnische Nationalhymne angestimmt. Ob ich wohl mitsingen darf? Text und Melodie sind mir geläufig. Aber ziemt es sich für mich, mit einzustimmen? Ich weiß es noch nicht. Wir werden sehen, ob ich mich mitreißen lasse, zumal wenn Maria an meiner Seite mitsingen wird.
Meine Gedanken wandern nach Deutschland. Dort wird es wieder nasskalt sein, kein Schnee so wie hier. Es ist der erste Nikolaustag, den ich nicht zu Hause verbringe. Und so wird es auch Heilig Abend sein. Das erste Weihnachtsfest ohne meine Eltern. Da läuft mir ein kaltes Gefühl der Sentimentalität über den Rücken, obwohl ich mich doch hier wohl fühle. Will hier in der neuen Heimat Wurzeln schlagen, für immer bleiben.
Wenn die Semesterferien beginnen, werden wir zu Marias Eltern nach Myllykoski fahren, mit dem Bus durch verschneite Landschaften, durch ein Wintermärchen,

wie man es sich im Süden nur erträumt. Die Temperatur soll auf minus fünfundzwanzig Grad sinken. Es ist aber eine trockenere Kälte als im vom Golfstrom beeinflussten Norddeutschland.

Heute ist es Gott sei Dank nicht so kalt. Da werden die Menschen auf den zentralen Platz Helsinkis strömen. Und wir werden mitten drin sein. Danach werden wir uns in unsere Einzimmer-mit-Kochnische-und-Sitzbadewannenbadezimmer verkriechen. Ein paar kleine grüne Zweige und eine rote Kerze geben uns das Gefühl von Advent und Nikolaus. Dabei haben wir uns heute nichts geschenkt, nicht einmal ein Stück Schokolade. Wir müssen mit unserem spärlichen Geld haushalten. Da ist nicht viel Spielraum. Um so mehr tut mir das Geschenk meiner Eltern weh. Der Zoll hat es abgefangen: eine Flasche Whisky. Die Zollgebühr war so hoch, wie wir für eine Woche zum Leben brauchen. Ich darf nicht daran denken.

Jetzt haben sie die Arbeiten auf dem Senatsplatz eingestellt. Marie-Luise hat auch aufgehört zu reden. Mein Banknachbar räumt seine Arbeitsunterlagen ein. Auch für mich ein Zeichen, aufzubrechen. Wir Deutsche wünschen uns einen schönen Nikolaustag und gehen auseinander. Privat haben wir keine Berührungspunkte. Jeder möchte so finnisch wie nur möglich sein. Auch ich habe kein Verlangen nach deutscher Gemeinsamkeit.

Draußen beginnt es wieder zu schneien. Ich blicke in die von Weihnachtslichterketten erleuchtete Alexanderinkatu, schlage den Jackenkragen hoch und ziehe die Ohrenschützer meiner Fellmütze hinunter. Dann überquere ich den geräumten Senatsplatz und plötzlich sehne ich mich nach Nüssen und Schokolade, aber ich reiße mich zusammen. Freue mich auf die warme Wohnung und Maria.

Der Weihnachtswald

In dem Flecken Almsloh, einem kleinen ländlichen Dörflein zwischen Bremen und Oldenburg, liegt umgeben von landwirtschaftlich genutzten Feldern ein kleines Wäldchen, das von den Einheimischen strikt gemieden wird. Ihm geht der Ruf voraus, dass alle, die dieses Wäldchen betreten haben, auf wundersame Weise verschwanden. Doch gerade zur Weihnachtszeit lockt dieses Wäldchen mit den schönsten Tannenbäumen, die es weit und breit zu bewundern gibt. Und so mancher ist in der Vergangenheit schon diesem Locken erlegen, ohne zurückzukehren.

An einem kalten, dunklen Wintertag war Alfred Weinert auf der Suche nach einem passenden Weihnachtsbaum. Seine Frau hatte ihm fünf Euro in die Tasche gesteckt. Mehr durfte das Bäumchen nicht kosten. Stundenlang war Alfred von einem Weihnachtsbaumstand zum anderen gezogen, aber es fand sich nicht der richtige. Entweder sie waren – wie meistens – zu teuer, oder aber das Bäumchen hatte die Schwindsucht, war so arm an Ästen und Nadeln, dass man ihn nur aus Mitleid hätte erstehen können. Als Alfred Wienert sich schon damit abfand, Weihnachten in diesem Jahr ohne Weihnachtsbaum zu feiern, und den Weg nach Hause einschlagen wollte, setzte ein mächtiges Schneetreiben ein. Er kam von der Hauptstraße ab, rumpelte über vereiste Feldwege und kam schließlich abrupt zum Stehen. Die Scheinwerfer seines Autos vermochten die Schneewand nicht zu durchbohren, reflektierten an einem nicht enden wollenden Schneefall.
Doch plötzlich, wie von einem Messer zerschnitten, öffnete sich der Schneevorhang und im gleißenden Licht seiner Scheinwerfer sah Alfred Weinert einen wunder-

schönen Tannenbaum stehen, der wie durch ein Wunder keine einzige Schneeflocke auf seinen Nadeln trug. Alfred Weinert öffnete die Autotür und schritt durch die vom Schnee befreite Schneise auf den Baum zu. Noch nie hatte er einen so schönen Tannenbaum gesehen. Das war sein Baum, der war für ihn bestimmt. Er machte sich keine Gedanken darüber, wie er ihn abholzen und mitnehmen konnte. Nein, für ihn war es klar: das war sein Baum.

Kaum aber hatte Alfred Weinert das Bäumchen erreicht, schloss sich hinter ihm der Vorhang, die Scheinwerfer seines Autos erloschen und er schien mit einem Mal in einer ganz anderen Welt zu sein. Und obwohl es doch seit zwei Tagen Winter war und er vergessen hatte, sein Jacke anzuziehen, fror Alfred Weinert nicht. Von irgendwoher erklang Weihnachtsmusik, Geläut kleiner Glocken war zu hören und der ganze Wald, in dem sich Alfred Weinert nun befand, schien von einem geschäftigen Summen erfüllt.

Erst waren es Rentiernasen, die um die Bäume schnupperten, um den Geruch des Fremdlings aufzunehmen, dann lukten ihre Köpfe ihm entgegen und immer mehr Getier trat aus seinen Verstecken, um den Eindringling zu begutachten. Dann hörte Alfred Weinert eine dunkle Männerstimme, die durch den Wald rief: „Geht an eure Arbeit und lasst den Eindringling zu mir treten."

Alfred Weinert sah sich erschrocken um.

„Ja, du, komm nur ruhig her", hörte er die Stimme sagen, „was willst du hier in meinem Wald?"

Alfred blickte sich nach allen Richtungen um. Dahinten, ja, dahinten war ein Licht zu sehen. Er ging auf das Licht zu und je näher er kam, um so breiter wurde der Weg. Schließlich stand er auf einem großen Platz, der wie eine Werkhalle wirkte, in der viele kleine rotbezipfelte Wichtelmänner an einem Fließband arbeiteten. Und am Ende dieser Halle saß auf einem großen Thron ein rotberock-

ter alter Mann mit weißem Bart. Wenn Alfred Weinert es nicht besser gewusst hätte, er hätte gesagt, das sei der Weihnachtsmann. Alfred ging auf ihn zu und blickte zu ihm hinauf.
„Was willst du hier in unserer Welt?", fragte der alte Mann.
Alfred begann zu stottern. „Also ich ... ich wollte ... ich wollte eigentlich nur ..."
„Nur zu, was wolltest du eigentlich nur?", fragte der Weihnachtsmann jetzt mit gütiger Stimme.
„Ja, also, ich glaube, ich habe mich im Schneetreiben verfahren ... und da habe ich ... da habe ich diesen Tannenbaum ... also."
„Ja, ja, ich weiß schon, du wolltest unseren Tannenbaum stehlen."
„Nein, nein, nicht stehlen", wehrte sich Alfred Weinert, „aber meine Frau, die Inge, die hat mir nur fünf Euro ... und für fünf Euro habe ich keinen würdigen Baum gefunden. Und da wollte ich schon nach Hause ... ohne Baum. Und dann kam der Schnee ..."
„Ja, ja, der Schnee, ich weiß. Aber du weißt auch, dass dies der verbotene Wald ist", sagte der alte Mann und winkte Alfred zu sich.
„Verbotene Wald?", fragte Alfred Weinert. „Nein, das habe ich nicht gewusst. Ich habe doch gar nicht gesehen, wohin ich gefahren bin. Der Schnee ..."
„Ja, ich weiß", wischte der alte Mann weg, „nun komm schon hoch und lass dich nicht noch einmal bitten."
Zögerlich erklomm Alfred Weinert die Stufen zum Thron. Je höher er stieg, um so tiefer schien es unter ihm zu werden, undimensional, wie er empfand. Endlich hatte er die Empore erklommen und blickte nun tief hinunter in das geschäftige Treiben der vielen Weihnachtshelfer.
„Was ist das hier?", fragte er erstaunt.
„Weißt du immer noch nicht, wo du bist? Du bist im Weihnachtswald."

„In dem verwunschenen Wald?", fragte Alfred ängstlich.
„Verwunschenen! Nein, hier bereiten wir eure Weihnachtsfeier vor. Schau dir nur an, wie fleißig meine Helfer alles für euch vorbereiten. Hier wird gearbeitet wie verrückt, damit all eure Wünsche und Träume von einem schönen Weihnachtsfest erfüllt werden."
Alfred Weinert summte es im Kopf: Weihnachtswald! Verwunschene Wald! Tannenbaum! Dann wurde ihm bange, wie nur kam er hier wieder raus. Wie kam er wieder nach Hause zu seiner Inge. Wenn das hier doch der verwunschene Wald war, würde er sie nie wiedersehen. Sicherlich vermisste sie ihn schon und wartete ungeduldig auf ihn.
„Wie komme ich hier wieder raus?", fragte er schließlich mit einem bangen Unterton.
„Gefällt es dir bei uns nicht?"
„Doch, doch, aber meine Frau wartet auf mich. Wir wollten heute Abend noch den Tannenbaum schmücken und ..."
„So, so, den Tannenbaum wolltet ihr schmücken."
„Ja, also, wenn du mir denn gütigerweise den Baum da hinten ..."
„Und du meinst, du kannst einfach so in unseren Wald kommen und dir einen Tannenbaum holen."
Alfred Weichert sackte in sich zusammen. Er würde ja, wenn es sein müsste, auf den Baum verzichten, wenn er denn nur wieder hier raus käme. „Ich weiß, man darf aus fremden Wäldern keinen Tannenbaum stehlen. Und eigentlich hatte ich das ja auch vor. Nur als ich plötzlich vor dem Baum stand ... da überkam es mich einfach. Ich hatte das Gefühl, das sei mein Baum ... unser Weihnachtsbaum."
„So, so", sagte der Weihnachtsmann, „ich gebe dir eine Chance, eine Chance, nur die eine. Sag mir, was du dir wünschen würdest, wenn du einen Wunsch frei hättest. Aber antworte schnell und ohne Überlegung."

Alfred Weichert sah den alten Mann überrascht an.
„Dass es gerechter auf der Welt zugehe", sagte er ohne zu überlegen.
„Ist das dein Wunsch?", bohrte der Weihnachtsmann nach.
„Ja", bestätigte Alfred und wischte sich den Schweiß von der Stirn.
„Diesen Wunsch kann ich dir leider nicht erfüllen", sprach der Rotberockte, „aber du bist von allen der Erste, der keinen materiellen Wunsch äußerte und darum kannst du dir den Baum da hinten nehmen und zu deiner Inge."
Alfred Weinert fiel ein Stein vom Herzen und er wollte noch etwas fragen, aber der Weihnachtsmann erhob die Hand und zeigte nach unten in die Werkhalle.
„Spute dich", sagte er, „sonst ergeht es dir wie diesem Gewürm da unten, das nur an viel Geld, dicke Autos und Brillanten dachte und dafür nun bis an das Ende ihrer Tage hier schuften muss. Geh, nimm deinen Baum und komme nicht wieder. Eine zweite Chance erhältst du nicht."

Als Alfred Weinert zu Hause ankam, erwartete ihn seine Frau bereits.
„Wo bist du so lange gewesen? Ich habe mir schon Sorgen gemacht." Doch als sie den Tannenbaum sah, den ihr Mann mitbrachte, verschlug es ihr die Sprache. Staunend bewunderte sie das Prachtexemplar. „Diesen wunderschönen Baum hast du für fünf Euro bekommen?", fragte sie überwältigt, „Wo hast du den denn her?"
Alfred drückte ihr die fünf Euro in die Hand. „Das ist eine besondere Geschichte, die ich dir unterm Tannenbaum erzählen werde", sagte er, küsste sie und war sich gar nicht sicher, ob er diese Geschichte überhaupt erzählen könnte.

Der Stern von Koppelo

Karl hatte uns überredet, Weihnachten im tiefsten Weihnachtsland zu verbringen, dort, wo es zu dieser Jahreszeit keinen Tag gab und sich die Füchse, so sie denn nicht erfroren waren, gute Nacht sagten. Über Helsinki waren wir nach Rovaniemi und dann mit einer abenteuerlichen Maschine nach Ivalo geflogen. Von dort hatte man uns per Kleinbus zu unserem Ferienhaus gebracht, das direkt an einem kleinen Arm des Inari lag. Tief verschneite Landschaft, nur der Schnee reflektierte sein Weiß als Licht, über uns nur schwarzer Himmel, an dem goldene Sterne blinkten.

Das Haus, ein typisches finnisches Blockhaus aus Rundstämmen, war groß und geräumig, ein großer Kamin war das Schmuckstück des Wohnzimmers. Und unsere Gastgeber hatten nicht vergessen, uns eine große Tanne, die bis zur Decke ragte, in den Raum zu stellen. So stellte sich dann auch bald bei uns nach der strapaziösen Anreise Weihnachtsstimmung ein.

Die Tage vor dem Heiligen Abend füllten sich mit Skiaufen, literarischen Gesprächen, ausgedehnten Mahlzeiten und Saunagängen. Die Frauen hatten sich auch schnell zusammengefunden, so dass wir eine harmonische Achtergruppe bildeten.

Pekka, den ich ja schon von unserem Aufenthalt in Lappland kannte, weihte uns in die Riten einer finnischen Weihnacht ein. Neben dem traditionellen Weihnachtsessen, das aus im Ofen gegarten Schinken, Karotten- und Kartoffelaufläufen sowie Lachsforelle bestand, gehörte es sich auch, dass vor dem Weihnachtskaffee der Schmutz des Jahres in der Sauna abgewaschen wurde. Und da die Frauen für die Zubereitung des Festmahles zuständig waren, sollten sie zuerst in den Schwitzraum, während wir Männer das Haus verlassen sollten, damit sie ungestört ihre nackten

Körper im Schnee wälzen konnten.

Pekka, als unser „ortskundiger" Einheimischer, Alex, Karl und ich wollten in dieser Zeit, wo die Frauen in der Sauna schwitzten und sich belanglose Dinge höchst wichtig erzählten, eine zweistündige Skitour machen. Der Himmel war wie meistens klar, Sterne funkelten und der Schnee strahlte sein schönstes Weiß an diesem Weihnachtstag.

„Lass uns über den Inari-See laufen", schlug Pekka vor und lief uns voraus die Spur machend. Noch am Festland zogen wir vorbei an kleinen, vom Schnee schwer beladenen Kiefern, bis der zugefrorene riesige Inari vor uns lag und eine weite weiße Schneewüste bildete. Keuchend zogen wir unsere Spur, die Gesichter waren vereist und Schneekristalle bedeckten die aus den Mützen herausragenden Haare.

Und als wenn jemand einen Schalter umgelegt hätte, befanden wir uns urplötzlich in einer dichten Nebelwand, die jegliche Orientierung verhinderte. Wir sammelten uns dicht zusammen und beratschlagten, was angesichts dieser neuen Situation zu tun wäre. Zu allem Überfluss setzte nun auch noch dichtes Schneetreiben ein, so dass unsere von uns gespurte Loipe schnell unter der sich anhäufenden Schneedecke verschwand.

Wir verloren die Orientierung, irrten durch den nächtlichen Tag und dieses nicht enden wollende Schneetreiben.

Aber ebenso plötzlich, wie wir in dieses Chaos hineingeraten waren, tat sich plötzlich der Schneevorhang auf und wir standen wieder unter einem klaren Himmel, an dem ein Stern besonders hell leuchtete. Er schien direkt seine Strahlen auf einen Punkt in der dunklen Finsternis vor uns zu richten und uns magisch anzuziehen. Wir folgten diesem Stern, der uns unseren

Weg zu zeigen schien, bis wir plötzlich vor einer kleinen, armseligen Hütte standen, aus deren Schornstein weißer Rauch steil emporstieg.

Die kleinen Sprossenfenster waren erleuchtet, es musste also jemand anwesend sein, der uns sicherlich den Weg zu unserem Blockhaus weisen konnte. Pekka und Karl unsere beiden Finnisch-Sprach-Kundigen befreiten sich von ihren Ski und klopften vorsichtig an die Tür, während wir in gebührendem Abstand warteten.

Es dauerte auch nicht lange, da wurde die Tür geöffnet und ein kleiner Junge stand vor Pekka und Alex mit großen Augen und staunte: „Joulupukki! Kaksi!"* Kurz danach erschien ein schweißbedeckter, kleiner Mann mit aufgekrempelten Ärmeln und einem Handtuch über dem Arm. Er sah die Männer erstaunt an, erspähte auch uns und schien zu erschrecken. Pekka machte ihm aber schnell deutlich, dass wir uns nur im Schneetreiben verlaufen hätten und nun den Rückweg nach Koppelo suchten.

Der Mann bat uns alle herein. Und als wir die ärmliche Hütte betraten, erschallte das herzerschütternde Plärren eines Babys. Der Mann deutete auf eine kleine Kammer und bat uns näher zu treten. Wir drängten uns zur Tür, gafften mit langen Hälsen hinein und sahen eine verschwitzte Frau, die in einem Bett lag und ein gerade geborenes Kind im Arm hielt. Dem Mann huschte ein glückliches Lächeln übers Gesicht und er deutete auf uns Vier und sagte, dass wir die heiligen vier Könige seien, die in der Nacht kamen, um das Weihnachtskind zu begrüßen.

Wir fühlten uns weniger als Könige denn als aufdringliche Gäste. Aber der glückliche Vater strahlte, kramte aus einer Truhe eine Flasche heraus und reichte sie uns. Finnischer Wodka, womöglich noch selbst gebrannt. Doch er wärmte, wenn unsere Herzen nicht schon durch das Neugeborene erwärmt waren.

Es dauerte seine Zeit, bis wir den Mann wieder auf unser Problem ansprechen konnten. Er wurde sehr geschäftig, betüdelte seine Frau, das Baby und den Jungen, trocknete sich mit dem Handtuch ab und zog sich geschwind an. Er zeigte uns, dass wir ihm folgen sollten.

Draußen erwartete uns wieder die kalte Weihnachtsnacht. Der kleine Mann eilte um die Hütte und wenig später hörten wir, wie ein Motor aufheulte und er mit einem Motorschlitten auf uns zukam. Er warf uns ein langes Seil zu, das er an den Motorschlitten gebunden hatte und deutete an, dass wir uns daran festhalten sollten. Dann fuhr er an, uns sprichwörtlich im Schlepptau.

So weit waren wir von unserem Haus gar nicht entfernt. Nach etwa zwanzig Minuten standen wir vor unserer Blockhütte. Niilo, wie unser Retter hieß, wollte sich verabschieden, aber Karl sagte ihm, er solle warten. Rasch eilte Karl ins Haus und kam nach einiger Zeit mit einem dicken Etwas, das in Alufolie eingewickelt war, und einer gefüllten Plastiktüte wieder heraus. Er packte Niilo beides auf seinen Schlitten und verabschiedete sich herzlich von unserem Retter.

Als wir das Haus betraten, wurden wir von aufgebrachten Frauen empfangen. Was wir uns einbildeten, so lange wegzubleiben, zwei Stunden wäre ausgemacht, und vor allem was die Aktion von Karl da sollte, der den schönen gerade fertigen Weihnachtsschinken aus dem Ofen gerissen und die ganzen Weihnachtssüßigkeiten in eine Plastiktüte gepackt hätte.

Wir besänftigten unsere in Rage geratenen Ehefrauen, erzählten ihnen die Geschichte von dem Stern, der uns den Weg wies, verschwiegen unsere Orientierungslosigkeit, und kredenzten als Höhepunkt, das Christkind, dem Karl unsere Opfergaben überbringen ließ.

So waren wir alle zufrieden, hingen später nach dem Weihnachtsessen ohne Joulukinkku vor dem Kamin unseren Gedanken nach und spürten die Bedeutung, die uns dieser Tag bescherte.

* „Weihnachtsmann! Zwei!"

Der gefallene Weihnachtsmann

Nachdem wir im Jahr zuvor unsere Expedition zum Weihnachtsmann unternommen hatten, dämmerte es uns langsam, dass der gute Mann nur eine Erfindung Erwachsener war, um uns Kindern Schrecken einjagen zu können. Denn wer wollte nicht artig sein, um vom Weihnachtsmann reich beschenkt zu werden.

Als das Weihnachtsfest wieder bevor stand, wollten Mutter und Vater unseren Kenntnisstand wohl überprüfen, denn sie begannen recht vorsichtig vom Weihnachtsmann zu erzählen, der in diesem Jahr ja wohl wieder aus Lappland den weiten Weg zu uns suchen würde, um die Geschenke zu überbringen und was er uns denn dieses Mal mitbringen solle.

Matti und ich sahen uns grinsend an. Sollten wir ihnen sagen, dass wir bereits wussten, wie es um den Gabenbringer stand? Andererseits hatten sie doch so viel Spaß daran, uns glauben zu machen, dass es den Weihnachtsmann wirklich gab.

Vater bemerkte unsere Reaktion und er fragte vorsichtig: „Was ist, Jungs? Ihr wollt doch, dass der Weihnachtsmann kommt, oder nicht?"

Mein Bruder und ich drucksten herum. „Na, klar", sagte ich schließlich, „soll er doch kommen."

Ich glaube, in diesem Moment wussten unsere Eltern, dass der Zauber des Weihnachtsmannes bei uns vorbei war. Die Jungs glaubten nicht mehr an ihn. Trotzdem hielten beide an unserer Tradition fest und bestellten zum Heiligen Abend den Weihnachtsmann.

Matti und ich schlossen Wetten ab. An welcher Stufe würde der Weihnachtsmann in diesem Jahr wohl scheitern. Denn aus der Vergangenheit wussten wir, dass der Weihnachtsmann in unserem Haus, das als letztes am Ende des Dorfes lag, nicht nüchtern erscheinen würde. Und da die Winter bei uns kalt sind, hatte der gute Mann bereits in jedem vorherigen Haus einen hochprozentigen Schluck zum Aufwärmen erhalten. Das führte dazu, dass der gute Mann meistens die Stufe in die Diele nicht mehr ganz schaffte und spätestens dort zum Straucheln kam. Also wettete ich auf die letzte Hürde, während Matti der Meinung war, der Weihnachtsmann würde schon an der Windfangstufe scheitern.

So erwarteten wir den Gabenbringer voller Spannung, aber eher aus sportlichem Wettkampf denn als Neugier auf die Geschenke.

Wie jedes Weihnachten hielten wir uns in der Familie streng an unsere Rituale. Um 12 Uhr saßen wir vor dem Schwarzweißfernseher und sahen uns die Verkündung des Weihnachtsfriedens aus Turku an. Danach wurde eine Kleinigkeit gegessen, Vater heizte die Sauna an und Matti und ich schnallten unsere Langlaufski unter und unternahmen eine Tour über die beleuchtete Piste durch den tief verschneiten Wald. Wir ließen uns Zeit, denn Vater und Mutter nutzten die Zeit, um ihren Saunagang zu absolvieren. So wie wir verschwitzt zurück kamen, konnten wir uns in die wohlige Wärme begeben.

Nach unserem Saunabesuch wartete der Kaffeetisch auf uns. Wir aßen gerne die von Mutter aus Blätterteig geformten Weihnachtssterne, die in der Mitte einen Pflaumenmus-Tupfer besaßen und mit Puderzucker bestreut waren. Während Mutter danach das reichhaltige Weihnachtsmahl vorbereitete, schmückten wir Männer den Tannenbaum, den wir tags zuvor aus dem Wald eines Bekannten geschlagen hatten. Dann vertrieben wir uns mit ein paar Spielen die Zeit, bis Mutter uns zum festlich geschmückten Tisch bat.

So ein reichhaltiges Essen mit selbst gegartem Schinken, Gulasch und den vielen Aufläufen gab es nur zu Weihnachten. Und spannend war es auch immer wieder, wer in dem Nachtisch aus Milchreis und Backobst die versteckte Mandel fand. Dieses Mal war es Matti, dem damit Glück für das nächste Jahr verheißen war.

Dann begann das zermürbende Warten auf den Weihnachtsmann. Vater hatte den Weg von der Toreinfahrt über den Hof zum Haus vom Schnee geräumt und brennende Kerzen aufgestellt. Matti und ich alberten herum und tuschelten immer wieder, indem jeder seine Prognose für das Scheitern des Weihnachtsmannes flüsterte. Und endlich – draußen auf dem Hof erklang aus tiefer Stimme das „Ho ho ho". Vater forderte uns auf, doch mal nachzuschauen, wer denn da käme. Wir spielten das Spiel mit, liefen zur Tür, taten erstaunt und baten den rotberockten Mann herein. Schnell legten wir den Rückwärtsgang ein, um ja nicht zu verpassen, an welcher Stufe unser Gast ins Stolpern käme. Aber der tat uns den Gefallen nicht, schien vollkommen nüchtern, wedelte mit seiner Rute und fragte immer wieder, ob wir denn auch artig gewesen seien. Natürlich konnten wir das nur bejahen.

Als er dann auch noch unbeschadet im Wohnzimmer vor uns stand und doch einige unserer Fehlverhalten uns vorhalten konnte, waren wir mehr als enttäuscht. Da konnten uns nur die Geschenke wieder aufheitern.

Während wir dann mit unseren Gaben beschäftigt waren, geleitete Vater den Weihnachtsmann in den Flur. Ich beobachtete die beiden und sah, wie Vater dem Mann etwas in die Hand schob und dann zwei Gläser und die Cognacflasche hervorzauberte. Das erste Glas war schnell geleert. Und da man auf einem Bein ja nicht stehen kann, folgte ein zweites. Ich sah, wie der Weihnachtsmann seinen Bart zur Seite schob, damit er besser trinken konnte, auch das dritte und vierte Glas. Nun wurde es Mutter zu bunt und sie rief mit ihrer energischen Stimme Vater zum Aufhören. Beide Männer zuckten die Achseln und trotteten zum Ausgang, wo Vater noch einmal nachschenkte.

Plötzlich hörten wir einen Aufschrei und eiligst rannten wir zur Haustür und mussten mit ansehen, wie Weihnachtsmann und Vater vor den Stufen zum Haus im Schnee lagen und wie Maikäfer auf dem Rücken mit Beinen und Armen strampelten. Die Gläser waren zerschlagen, aber die Cognacflasche lag heile im aufgehäuften Schnee.

Das verschwundene Jesulein

Kurz nach dem ersten Adventsgottesdienst herrschte große Aufregung in unserer Gemeinde. Der Pfarrer hatte festgestellt, dass das kleine Jesulein aus der Krippe am Altar entwendet wurde. Welch ein Frevel! Die Symbolfigur unserer heiligen Kirche und des Weihnachtsfestes lag nicht mehr dort, wo sie zu liegen hatte. Mit wehendem Kittel rannte der Pfarrer von Kirchenmitglied zu Kirchenmitglied, um diese schändliche Tat aufzudecken. Wer konnte sich erdreistet haben, diese unglaubliche Missetat begangen zu haben.
Bald kam der Pfarrer auf die Idee, dass nur einer der Messdiener der Übertäter sein könne. Denn keines seiner übrigen Schäfchen konnte zur Klärung des Falles beitragen. Also eilte er auch in unser Haus, denn mein Bruder, der zwei Jahre älter war als ich, diente dem Herrn in seinem Hause. Peter wurde ins Wohnzimmer zitiert und vom Gottesmann verhört. Ob er wisse, wer diese unglaubliche Sünde begangen habe. Mit gesenktem Kopf stand mein Bruder vor dem Schwarzkittel und schüttelte mit dem Kopf, wobei sein Gesicht einen merkwürdigen Sünderausdruck bekam, was den Erwachsenen aber entging. Doch ich kannte meinen Bruder und fühlte, der wusste etwas.
Also nahm ich mir vor, meinen Bruder in den nächsten Tagen etwas genauer zu beobachten. Der Pfarrer verließ unverrichteter Dinge wieder unser Haus und setzte seine Suche nach dem Dieb in der Gemeinde fort. Als ich abends Peter in seinem Zimmer aufsuchen wollte, merkte ich, wie er sich ertappt fühlte und schnell etwas unter seinem Kopfkissen versteckte. Ich tat, als hätte ich nichts bemerkt, aber es brannte mir unter den Nägeln, sein Kopfkissen zu heben und nachzuschauen, was er vor mir versteckte.
Die ganze Nacht über hatte ich nur einen Gedanken,

was versteckte Peter vor mir? Ich hatte wenig geschlafen, denn Angst hatte sich in mir breitgemacht. Mein Bruder ein Dieb? Hatte er das kleine Jesulein aus der Krippe entwendet? Am nächsten Tag musste ich eine Stunde später zur Schule als mein Bruder. Kaum war er aus dem Haus, eilte ich in sein Zimmer und lüftete sein Kopfkissen. Ich weiß nicht, war es Erleichterung, war es Enttäuschung? Jedenfalls entdeckte ich nichts als nur ein weißes Laken, so jungfräulich wie die Mutter Gottes. In der Schule gab es unter uns Jungen auch nur ein Thema: Wer hatte das kleine Jesulein geklaut? Es wurden die wildesten Spekulationen aufgestellt: Der Herr hatte sich seinen Sohn zurückgeholt. Jemand habe nicht mit ansehen können, wie dieses kleine Wesen nackt dort in der Krippe in kalter Kirche lag. Und Hans behauptete, jemand habe das kleine Jesulein entführt und erpresse den Pfarrer nun um ein Lösegeld. Holger dagegen meinte, dass da jemand nur den Pfarrer ärgern wolle, weil der immer so harte Strafen für nichtige Sünden ausspreche.

Irgendwie aber hatte ich das Gefühl, das des Rätsels Lösung in meiner Familie zu finden sei. Als ich mit meinem Bruder am Nachmittag in seinem Zimmer spielte, nahm ich meinen ganzen Mut zusammen und fragte ihn: „Du, Peter, hast du das kleine Jesulein ...?" Er vermied es, mir in die Augen zu schauen, bekam aber so ein linkisches Grinsen in seinem Gesicht. „Hast du?", fragte ich nach. Peter zögerte, dann kramte er unter seinem Bett eine kleine Schachtel hervor und öffnete sie. Da lag es, das kleine, unschuldige Krippenkind. Ich starrte mit großen Augen auf die Figur. Tatsächlich, mein Bruder war der Dieb.

„Warum hast du das gemacht?", wollte ich wissen, nachdem ich aus der Überraschungsstarre erwachte.

Peter streichelte mit einem Finger die kleine Holzfigur. „Ich musste sie unbedingt haben", sagte er leise, „sie

schrie mich an: Befreie mich aus meiner Not!"
„Aber das kannst du doch nicht machen! Sie gehört in die Krippe. Wir müssen sie zurückbringen."
Er sah mich mit geröteten Augen an. „Ich kann das nicht", stammelte er.
Mein Entschluss stand fest. Ich würde das kleine Jesulein zurück an seinen Platz bringen. Und zwar noch am selben Tag. Wir beratschlagten, wie das am unauffälligsten vonstatten gehen könne. Aber mein Bruder erwies sich als Feigling. So blieb die ganze Last an mir, dem Jüngeren, hängen. Ich nahm die Figur an mich, zog meine dicke Winterjacke und die Stiefel an, versteckte die Figur in meiner Jackentasche und stiefelte los.
Die Dämmerung hatte schon eingesetzt und die Kirche lag kalt und bedrohlich vor mir. Lautlos versuchte ich die große, schwere Holztür zu öffnen, aber ein leichtes Quietschen ließ mir eine Gänsehaut über den Rücken laufen. Auf Zehenspitzen schlich ich durch die leere Kirche zum Altar, mich immer wieder vergewissernd, dass mich niemand beobachtete. Vorsichtig zog ich das kleine Jesulein aus meiner Jackentasche, dass es ja nicht noch Schaden näme. Ich streckte mich, um an die Krippe zu gelangen und Gottes Sohn in seine Wiege zu legen. Als ich gerade die Hand zur Krippe führte, spürte ich eine schwere Hand auf meiner Schulter und wie ein Donnerhall schallte die Stimme des Pfarrers durch das Kirchenschiff, dass ich fast zu Tode erschrak: „Habe ich dich, du Dieb!"
Ich zuckte zusammen, wollte etwas stammeln, aber der Kirchenmann ließ mich nicht zu Wort kommen, schlug mir mit seinen mächtigen Pranken rechts und links auf die Wangen, packte mich ans Schlafittchen und schleifte mich durch die Kirche hinaus auf die Straße geradewegs zu uns nach Hause. Alle Versuche, mich zu rechtfertigen, unterband der Seelsorger, indem er

mir barsch befahl, das Maul zu halten.
Zu Hause kam es zu tumultartigen Szenen. Vater forderte den Pfarrer auf, mich sofort loszulassen, da dieser mich immer noch am Kragen festhielt, während der Gottesmann mit Zornesröte im Gesicht zeterte, ich sei ein Dieb, ein Schänder der Kirche, ein missratener Sohn, ein Frevler und was weiß ich noch alles. Mutter stand dazwischen und wollte beide beruhigen und Peter stand abseits mit seinem linkischen Grinsen und wollte mit alledem nichts zu tun haben.
„Schluss jetzt!", brüllte Vater und machte dem Redeschwall des Pfarrers ein Ende. „Michi, was hast du dazu zu sagen?", fragte er mich und zog mich von dem Schwarzkittel weg.
Ich war inzwischen so aufgelöst, dass ich nur noch schluchzen und stammeln konnte. Wie ich es mir zurechtgelegt hatte, stotterte ich, dass ich die Figur gefunden hätte und sie zurück an ihren Platz legen wollte. Der Pfarrer empörte sich und zweifelte meine Aussage an, aber Vater schnitt ihm das Wort ab und sagte, dass er mir glaube. Wenn ich das sage, dann sei das auch so. Aber der Pfaffe wollte wissen, wo ich denn das kleine Jesulein gefunden hätte. Das hatte ich mir natürlich nicht überlegt und blieb eine Antwort schuldig. Vater hob mein Gesicht, sah mir in die Augen und fragte mich: „Michi, hast du die Figur aus der Krippe entwendet?"
„Nein!", antwortete ich wahrheitsgemäß.
Damit war für meinen Vater jeglicher Zweifel ausgeräumt und er bat den Pfarrer, unser Haus zu verlassen. Meinen Bruder habe ich nicht verraten, auch wenn in der Gemeinde so mancher nicht von meiner Unschuld überzeugt war und es hieß, der Bonita Sohn war es doch. Und der Pfarrer konnte es sich nicht verkneifen, in seiner Predigt am dritten Advent den schändlichen Dieb anzuprangern, wiewohl er es nicht über die Lippen brachte, mich namentlich zu nennen.

Und mein Bruder? Nun, sein schlechtes Gewissen veranlasste ihn, sein Sparschwein zu plündern und von seinem ersparten Geld mir zu Weihnachten das teure Feuerwehrauto zu schenken, worüber sich meine Eltern nur wunderten, es aber der besonderen Bruderliebe zuschrieben.

Ein außergewöhnlicher Weihnachtsmann

Wir wohnten am Rande des Hafenviertels in einem Mietsblock direkt neben der Kneipe „Zum letzten Anker". Der Wirt war ein korpulenter, kleiner Mann, dessen runder Bauch von einer blauen Latzhose bedeckt wurde. Seine spärlichen Haare versteckte er unter einer flach am Kopf liegenden Schirmmütze, zu der mein Vater immer „Kohlblatt" sagte. Die Kundschaft der Kneipe bestand aus Hafen- und Werftarbeitern sowie alten Seebären, aber auch ein paar Damen hatten hier ihren Ankerplatz gefunden.

In dieser Kneipe spielte sich das Gesellschaftsleben des Viertels ab. Auch am Heiligen Abend. Es war Tradition, dass sich die Nachbarn nach der Bescherung im „letzten Anker" trafen und dort zusammen – oft bis zum Umfallen – feierten. Auch so an jenem denkwürdigen Weihnachtstag, von dem ich hier erzähle.

Wie immer gab es bei uns am Heilig Abend Kartoffelsalat und Würstchen. Mutter bereitete den Kartoffelsalat immer nach – wie sie es behauptete – russischer Art zu. Als Zutaten fügte sie zu den gekochten und in Scheiben geschnittenen Kartoffeln Majonaise, gebratenen Würfelspeck, in kleinen Scheiben geschnittene Fleischwurst, hart gekochte Eier, die ebenso wie Salzgurken zu kleinen Stücken zerschnitten wurden, hinzu. Nachdem wir Jungen Mutter beim Aufräumen und Abwaschen geholfen hatten, sich Vater bereits in der guten Stube eine Zigarre angezündet hatte, durften auch wir das festlich geschmückte Zimmer betreten. Mutter zündete die noch echten Wachskerzen am Tannenbaum an und setzte sich ans Klavier, um mit uns ungeduldigen Jungen Weihnachtslieder zu singen. Ich glaube, wir waren die einzigen Privatpersonen im ganzen Stadtteil, die über ein Klavier verfügten. Wir hatten es von Mutters Eltern geerbt. Nur in der Kneipe „Zum halben

Anker" stand noch eines.
Immer wieder schielten wir unter den Tannenbaum, wo die Geschenke mit einem weißen Laken bedeckt lagen. Endlich lüftete Vater, nach vier viel zu langen Liedern, das Laken und zum Vorschein kamen die Geschenke, auf die wir so sehnsüchtig gewartet hatten.
Ich weiß noch, ich hatte so ein Frage- und Antwortspiel bekommen, bei dem man einen Roboter mit einem Stab in die Mitte des Frageblattes stellen musste. Und mit genau derselben Stellung anschließend in die Mitte des Antwortblattes. Und so erhielt man dann die richtige Antwort. Mein Bruder bekam die gewünschte wenn auch gebrauchte Wandergitarre. Dazu erhielt jeder von uns noch ein Buch und ein paar Süßigkeiten.
Nachdem jeder seine Geschenke ausgepackt und ausprobiert hatte, drängte Vater zum Aufbruch. Andere Leute gingen zu dieser Zeit zur Messe in die Kirche. Wir gingen zum Nachbarn in die Kneipe „Zum letzten Anker". Es war ein eisigkalter Weihnachtsabend und der Wind trieb Schneeflocken durch unsere Straße. So hatten wir, trotz des nur sehr kurzen Weges, unsere Mäntel angezogen, die wir schnell wieder in der gut beheizten Kneipe auszogen. Viele Nachbarn waren schon da und begrüßten uns mit überschwänglichem Hallo, da sie bereits über einen entsprechenden Alkoholpegel verfügten. Wir Jungen hockten uns mit den Nachbarkindern am Bollerofen zusammen und prahlten mit unseren Geschenken, denn wir wussten, dass nicht jeder der Anwesenden über relevante Gaben verfügte.
Die Erwachsenen tranken und grölten, der Raum war erfüllt von Lärm, Zigaretten- und Zigarrenrauch sowie Alkoholgestank. Irgendjemand forderte meine Mutter auf, sich doch ans Klavier zu setzen und zu spielen. Und so wurden dann nach zwei Weihnachtsliedern vor allem Seemannslieder gesungen, oder sollte ich doch besser sagen gegrölt.

Mitten in diese ausgelassene Stimmung hinein ging mit einem Male die Kneipentür auf und ein Weihnachtsmann trat ein. Für einen Moment wurde es mäuschenstill in der Kneipe. Alle blickten mit offenen Mündern auf den rotberockten Mann, der die Kapuze vom Kopf streifte, sich die Schneeflocken vom Mantel und weißen Bart wischte und durch die Menschenmenge zum Bartresen schritt. Ebenso plötzlich, wie die Ruhe eingekehrt war, schwoll der Lärmpegel wieder an. Viele lachten über den neuen, unverhofften Gast, machten ihre Scherze, klopften ihm auf die Schulter und luden ihn zu einem Bier ein. Der Weihnachtsmann aber verlangte nach einem steifen Grog, da er aufgrund der Wetterlage doch sehr durchgefroren sei. Der Wunsch wurde ihm erfüllt.

Wie das aber in so einer Schicht wie der hier feiernden ist, können nicht alle mit dem Alkohol gut umgehen und fallen aus der Rolle. Erst war es Heini Diercks, der auf der Werft als Schweißer arbeitete und der schon etwas zu viel getrunken hatte, der torkelnd vor dem Weihnachtsmann stand und ihm am Bart zupfte und lallend von sich gab: „Tolle Verkleidung, gib mir mal den Bart." Doch der Bart entpuppte sich als echt. Nun betatschten und bezupften mehrere Betrunkene den Gabenbringer und machten sich über ihn lustig. Pit, der Wirt, der sonst immer für Ordnung sorgte und aufpasste, dass keiner seiner Gäste belästigt wurde, wollte einschreiten, aber ein paar der schon im Vollrausch Befindlichen, hielten Ihn zurück.

Da dröhnte wie ein Donnerhall die Stimme des Weihnachtsmannes durch den Raum, dass selbst die angeschwipsten Liebesdamen, die an diesem Abend keine Kundschaft fanden, verstummten.

„Du, Heini Diercks, der sich hier so hervortut", donnerte seine Stimme, „solltest lieber kleine Brötchen backen. Oder willst du, dass ich deiner Frau verrate, wo du letzte

Woche, als du angeblich eine Weihnachtsfeier mit Kollegen hattest, warst?"
Betretenes Schweigen erfüllte den Raum, bis der hysterische Schrei von Heinis Frau die Kneipe erfüllte und sie ihrem Mann zwei schallende Ohrfeigen verpasste.
„Aber auch du, Fredericke, solltest dich zurückhalten, denn auch du bist nicht ohne Sünde. So wie ihr hier alle nicht ohne Sünde seid", schrie er in den Kneipenraum. „Ja, ich kenne euch alle, weiß um eure Sünden Bescheid. Und gute Taten?" Er kramte aus seiner Manteltasche einen Notizblock hervor. „Gute Taten sehe ich hier nicht. Ach doch, halt. Hier, wo ist der kleine Kalli?"
Ich bekam einen roten Kopf. Mein Bruder schubste mich in Richtung des Weihnachtsmannes. Verlegen faltete ich meine Hände auf dem Rücken zusammen, starrte auf meine Fußspitzen.
„Du brauchst dich nicht zu schämen oder Angst zu haben", sagte der Rotberockte jetzt mit einer gütigen Stimme. „Hier, dieser Junge", erhob er jetzt wieder seine Stimme, „der ist der einzige unter euch allen, der sich nichts zu Schulden hat kommen lassen. Im Gegenteil, er hat die Katzenjungen gerettet, die du, Walter Friedrichsen, erbärmlich hast verhungern lassen wollen. Komm her, Kalli", sagte er und zog mich zu sich. „Was wünscht du dir am sehnlichsten?", fragte er mich.
Alle starrten mich stumm an und ich wusste nicht, was ich sagen sollte, bis mein Bruder durch den Saal rief; „Eine Eisenbahn, eine elektrische Eisenbahn!"
„Ist das wahr?", fragte mich der Weihnachtsmann.
Ich nickte stumm.
„Nun gut, dann wollen wir mal sehen, ob ich so etwas in meinem Gabensack finde." Er bückte sich, fasste in einen braunen Jutesack, den ich vorher gar nicht gesehen hatte, wühlte etwas herum, richtete sich auf und überreichte mir einen flachen, eckigen Karton.
Laute der Überraschung drangen aus vielerlei Kehlen.

Ich wusste sofort, was dieser Karton enthielt. Mein Herz machte einen freudigen Sprung, wenngleich ich noch immer eingeschüchtert vor dem Mann mit den weißen Haaren und dem weißen Bart stand.

„Du kannst gehen", sagte der Weihnachtsmann und tätschelte meine Wange. „Und euch anderen sei gesagt", dröhnte seine Stimme durch den Raum, „bessert euch und verscheißert keinen Weihnachtsmann." Damit stand er auf, trank den noch dampfenden Grog mit einem Zug aus, stülpte sich die Kapuze über sein Haupt und schritt zum Ausgang. Vor der Tür drehte er sich noch einmal um, wollte noch etwas sagen, ließ es aber abwinkend sein, öffnete die Tür, durch die ein eiskalter Wind mit gaukelnden Schneeflocken hereinfegte, und war urplötzlich verschwunden.

Erst langsam erholten sich die Feiernden von ihrer Verblüffung. Darauf musste dann erst einmal einer getrunken werden und es dauerte nicht lange, da war der alte Lärmpegel wieder hergestellt.

Ich aber nahm mein Paket, zog meinen Mantel an und ging mit meinem Bruder nach Hause. Weit hinten in der vom dichter werdenden Schneefall verschleierten Straße sahen wir noch einen roten Mantel, bis er sich vom Boden erhob und im Schneegestöber verschwand.

Der weihnachtliche Heimkehrer

Er hatte eine lange Reise hinter sich. Beschwerlich, ermüdend und mit vielen gemischten Gefühlen versehen. Aber nun hatte er es geschafft. Stand vor der Tür, aufgeregt, ein wenig ängstlich, gerührt, wie er selbst erstaunt feststellen musste, denn seine Augen röteten und befeuchteten sich. Er zögerte den Moment hinaus, auf den Klingelknopf zu drücken. Er hatte sich nicht angekündigt, hatte ihnen nicht geschrieben, dass er nach all den Jahren zurückkehren würde. Es war einfach so über ihn gekommen. Mal wieder richtig Weihnachten feiern, zu Hause, wo die Winter sich durch schlechtes Wetter auszeichneten, wo nicht ständig die Sonne erbarmungslos herunterbrannte. Vielleicht sogar ein wenig Schnee erleben, obwohl er sich nicht mehr daran erinnern konnte, wann er das letzte Mal zu Weihnachten hier Schnee erlebt hatte. Den Weihnachtsbaum, bunt geschmückt und mit elektrischen Kerzen bestückt – die richtigen Kerzen gab es ja schon lange nicht mehr – bewundern, den Duft von Weihnachtsgebäck und Glühwein und das Weihnachtsessen. Bei dem Gedanken lief ihm das Wasser im Mund zusammen. Am Heiligabend hatten sie jahrelang Kartoffelsalat – seine Mutter hatte ihn immer mit Mayonnaise, gebratenen Speckstücken, Kochwurst- und Salzgurkenstücken angerichtet – mit Wiener Würstchen gegessen, bis auch bei ihnen der Wohlstand nach einem feudaleren Essen verlangte und es Puter oder anderes Geflügel gab.
An die Bescherungen konnte er sich auch noch erinnern. Seine Mutter hatte die Geschenke vor Weihnachten immer gut versteckt. Nur einmal, da hatte er in einem der Schränke unter Tischdecken den „Magischen Roboter" gefunden, den er sich so sehr gewünscht hatte. Es war ein Frage- und Antwortspiel. Man

stellte den Roboter auf den Fragekreis, drehte ihn auf eine Frage und konnte seine Antwort dadurch überprüfen, dass man den Roboter anschließend auf den Antwortkreis stellte und er mit seinem Zeigestab auf die richtige Antwort zeigte. Warum kam ihm gerade dieses in diesem Moment in den Sinn, wo es doch so viele Weihnachten mit so vielen Geschenken gab? Ja, die elektrische Eisenbahn, klein, nur ein Kreis mit einer Lok und zwei Waggons mit einem Batterietrafo. Nach und nach baute er diese dann später aus, aber wo war sie geblieben? Weg, wie alles weg war, was ihn an seine Kinder- und Jugendzeit erinnern konnte.

Vater saß am Heiligabend immer in seinem Sessel neben dem Tannenbaum, trank seinen Glühwein oder Grog und rauchte eine der Zigarren, die er ihm alljährlich schenkte. Und Mutter tat immer so, als würde sie sich über die Bratpfanne, Topf oder sonstigen Hausrat, den ihr ihre Männer aus Mangel an Sensibilität und Einfallsreichtum schenkten, freuen. Ganz früher, als er noch sehr jung war, besaßen sie noch ein Klavier, und Mutter spielte Weihnachtslieder und sie sangen gemeinsam dazu. Irgendwann waren sie umgezogen, in eine andere Wohnung, und das Klavier passte nicht mehr hinein. Das war das Ende der Weihnachtslieder. Ohne Klavier kein Gesang. Da ließ man dann nur noch singen: von Platte oder Radio.

Er spürte sein Herz stark pochen. Die Ader am Hals gab den Rhythmus wieder. Der Flur roch frisch nach Putzmitteln. Er fühlte die Kälte nach seinen nackten Händen greifen. Und immer noch zögerte er, diesen kleinen Knopf zu drücken, der ihnen da drinnen signalisieren würde, dass jemand vor der Tür stand, der um Einlass flehte. Ja Einlass, Einlass in ihre Herzen, der nach Liebe schrie. Nie hatte er ihnen etwas recht machen können. Immer hatten sie an ihm etwas auszusetzen gehabt, in der Schulzeit waren es die schlechten Noten, dann war es die Berufswahl, mit der sie nicht einverstanden waren und natürlich fühlten sie sich bestätigt, als er die Lehre abbrach, dann waren es die Freunde, die ihnen nicht passten und zuletzt war es die Frau, die er liebte und die sie durch ihr unbändiges Gerede von ihm trennten. Das gab schließlich den Ausschlag. Er packte seine wenige Habe und verließ ihre Gemeinschaft ohne ein Wort des Abschieds.

Das war jetzt acht Jahre her und sie wohnten immer noch in dieser Mietswohnung, umgeben von alten und gescheiterten Menschen. Und nun stand er vor ihrer Tür, wagte nicht zu läuten, während sie wahrscheinlich schon vor dem Weihnachtsbaum saßen, Glühwein tranken und Vater seine obligatorische Weihnachtszigarre rauchte, die diesmal wie in den Jahren davor nicht von ihm geschenkt war. Nebenan ging eine Tür auf, eine alte Frau lugte heraus, sah ihn prüfend an, wollte etwas sagen, schwieg und schlug die Tür wieder zu.

Acht Jahre, atmete er schwer, acht Jahre, wie schnell die vergangen waren. Sicherlich hatten sie sich verändert, waren alt geworden. Hatten sie sich aber auch in ihrer Gesinnung geändert? Wie würden sie ihn empfangen? Mit Vorwürfen? Ablehnend? Zweifel machten sich in ihm breit, dass es richtig war, zurückzukehren. Langsam drehte er sich um, sah die Treppe hinunter und setzte den ersten Schritt zur Flucht. Da hörte er hinter sich, wie sich die Tür öffnete und seine Mutter flehentlich seinen Namen schrie, dass es durchs Treppenhaus hallte und wie ein Echo in seinen Ohren immer widerhallte. Er drehte sich um und ehe er sich versah, hatte ihn seine Muter unter Tränen in die Arme geschlossen und in der Tür stand sein Vater, die Augen gerötet, die qualmende Zigarre in der zittrigen Hand.

Weihnachten war eben doch ein besonderes Fest, das den Menschen nicht nur den Heiland schenkte, sondern auch ihre Herzen weichte und sie wieder zusammenführte.

Weihnachten an Bord

Wie lange hatte ich meinem Alten in den Ohren gelegen, dass er mich endlich ziehen lassen solle. Ich wollte zur See fahren. Nichts anderes. Aber nichts da, er stellte sich stur, steckte mich in die ortsansässigen Fabriken und drohte immer wieder: „Da gibt's was vorn Morschen, wenn du nicht spurst."
Ich aber wollte nicht spuren. Hasste die stinkigen Fabriken, sehnte mich nach rauer Meeresluft und Salzwasser. Was hatte ich nicht alles angestellt, damit meine Fabrikaufenthalte von kurzer Dauer waren. Und zu Hause gab es dann wie angekündigt nicht nur was auf den Hintern sondern auch an die Ohren.
Irgendwann wurde es dem Alten dann doch zu viel, zumal Mutter ihm in meinem Interesse auch immer öfter zugesetzt hatte: „Nun lass den Jungen doch! Wenn er doch zur See will." Mitten im kältesten Winter zog er dann missmutig mit mir zum Heuerbüro und ließ mich einschreiben. Die Gebühren dafür hatte er nicht für mich übrig. Ich musste sie selber von meinem kargen Ersparten bezahlen. Mein freudiges Grinsen über die in Aussicht stehende Großefahrt belohnte er mit einer Kopfnuss.
Es dauerte nicht lange, da bekam ich die Aufforderung, mich bei einer Reederei im damaligen Fischereihafen Lemwerder zu melden. Das war im Dezember 1928. Ich war gerade siebzehn Jahre alt. Mutter hatte Tränen in den Augen, aber den Alten rührte das nicht. „Da geh", grummelte er, ohne von seiner Erbsensuppe aufzusehen.
Ich fuhr bei eiskaltem Wind mit dem Fahrrad von Delmenhorst nach Lemwerder. War halb erfroren, als ich ankam. Hatte ja nur ein dünnes Unterhemd, den selbstgestrickten Rollkragenpullover, den schon mein Bruder

Paul getragen hatte, und einen alten, abgewetzten, schwarzen Wintermantel, der der grausigen Kälte nicht Widerstand leisten konnte, an. Im Fischereihafen lagen die Trawler in dichter Reihe angekettet. Das also ist meine Großefahrt, von der ich geträumt hatte, dachte ich, da ich im Hafen die mit Eis und Schnee bedeckten Schiffe sah.
Die raubeinigen Fischer begrüßten mich mit dem ihnen eigenen Humor. Wollten mir Angst machen, um zu beweisen, was für Kerle sie waren. Man wies mir eine schmale Koje in einer kleinen Kajüte für vier Matrosen zu. Die Schiffswände waren nicht isoliert und das Wasser lief die eiserne Bordwand entlang. Die vier Kojen waren für acht Matrosen gedacht, da man auf Fahrt nur wechselweise schlafen konnte. Mein Alter hatte mir nicht einmal eine Wolldecke mitgegeben, so sammelten die Matrosen an Bord für mich, damit ich mich wenigstens zdek-ken konnte.
Es hieß, wir sollten am nächsten Tag auslaufen. Aber die Wetterverhältnisse verschlechterten sich immer mehr. Die Weser fror langsam zu und draußen auf See tobte der Sturm. Schließlich wurde die Fangfahrt abgesagt, die Besatzung bis auf einen Wachdienst nach Hause geschickt. Ich aber wollte nicht nach Hause. Es hatte so viele Kämpfe gebraucht, dass ich endlich Schiffsplanken unter die Füße bekam, dass ich nicht nach ein paar Tagen wieder nach Hause wollte. Womöglich würde es sich mein Alter doch noch anders überlegen und mich nicht wieder zurückgehen lassen.
Weihnachten rückte immer näher. Ich erledigte brav alle Arbeiten, die die Wachmatrosen mir auferlegten, wurde schließlich zu deren Lakai. Das aber war mir egal. Und am Heiligabend ließ mich dann auch der letzte Wachmatrose alleine. Trug mir auf, das vereiste Eisenmonstrum zu bewachen. Da lag ich nun einsam in meiner Koje. Die Schiffswand war von innen vereist. Ich hatte meine

gestrickten, kratzenden Wollsocken an, die harten Lederstiefel und den schwarzen Mantel. Hatte die Wolldecke bis zum Kinn angezogen und trotzdem fror und bibberte ich. Ich sehnte mich nach der warmen Stube zu Hause, in der meine Eltern mit meinen zwei Schwestern und vier Brüdern nun um den Tannenbaum saßen, die kärglichen Geschenke in Empfang nahmen und vielleicht etwas warmes tranken. Kein Lichterglanz in meiner Kajüte, keine Wärme, die mich auftaute. Wie schön es doch zu Hause war, dachte ich, auch wenn es in der Enge des Hauses nicht immer so nach meinen Vorstellungen ging.

Und plötzlich hörte ich es auf dem Schiff poltern. Ich erschrak und sprang aus meiner Koje. Vorsichtig schlich ich an Deck und wurde jäh von einer riesigen Pranke am Kragen gepackt und nach oben gehoben. Ein schallendes Gelächter ertönte von einer rauen Stimme. Es war der schwarze Jan, einer der übelsten und gefürchtetsten Matrosen an Bord, den sie wegen seiner schwarzen Haare nur den schwarzen Jan nannten. Er drehte mich zu sich und ich sah in seine funkelnden, dunklen Augen. Er lachte immer noch, ließ mich aber langsam wieder mit den Füßen auf den Eisenboden. „Komm, Junge", sagte er, „was willst du alleine hier. Ich wohn ein paar Straßen weiter. Meine Frau wird uns was Warmes zu essen machen."

Ohne eine Antwort abzuwarten schubste er mich vorwärts und geleitete mich ohne ein weiteres Wort zu sich nach Hause, wo seine Frau schon für drei Personen gedeckt hatte. Als wir das Wohnzimmer betraten und ich mich meiner ärmlichen Kleidung schämte, kam ich erst zur Besinnung und machte auf das unbewachte Schiff aufmerksam.

„Das wird am Heiligabend schon keiner klauen", dröhnte der schwarze Jan und drückte mich auf einen Stuhl.

Es wurde einer der schönsten Weihnachtsabende, an

die ich mich erinnern konnte. Und später waren der schwarze Jan und ich zusammen auf Großefahrt auf allen Weltmeeren.

Finnische Weihnacht

Lange hatten sie gewartet, immer wieder in der Hoffnung, das bewusste Auto würde in die Straße einbiegen, aus dem Fenster geschaut. Der Tag hatte viel Schnee gebracht. Zweimal musste der Hof schon von den Schneemassen befreit werden. Zwischen den Bäumen im Garten hatten sich bereits große Schneeberge angesammelt. Im Haus roch es nach Weihnachtsessen und frischen Backwaren. Heute am Heiligabend wollten die Kinder aus dem fernen Deutschland kommen. Mit der Finnjet waren sie vorgestern Abend aus Travemünde abgefahren und sollten heute morgen Helsinki erreichen. Dann hätten sie noch knappe zwei Stunden Fahrzeit und wären endlich wieder da.

Im Sommer hatte man sich zu letzt gesehen, war mit Tränen auseinandergegangen, weil die Entfernung so weit und man ja nie wusste, ob es nicht doch das letzte mal oder so. Es war wie jedes Jahr der Höhepunkt ihres Lebens, zusammen mit der Tochter, dem Enkelkind und dem Schwiegersohn Weihnachten zu verbringen. Kurz nachdem sie angekommen wären, würden sie in den Wald eines Freundes fahren und einen Weihnachtsbaum schlagen. Die Enkeltochter säße vergnügt auf dem Schlitten und ließe sich durch den verschneiten finnischen Wald ziehen. Zu Hause wieder angekommen, würden sie gemeinsam das Bäumchen schmucken, dabei über das Erlebte der vergangenen Monate plauschen und von dem selbstgebrannten Hauswein trinken.

Vorher würden die großen Kinder in die Sauna gehen, während sie geduldig mit der Enkelin im Wohnzimmer spielen und auf ihren Saunagang warten würden. Aber noch schien die Zeit stehen zu bleiben, schien jede Minute zäh um ihre Existenz zu kämpfen. Es war schon fast Mittag und die Kinder waren immer noch nicht da.

Angst machte sich breit, es könne ihnen etwas passiert sein, denn sie waren ja den finnischen Winter nicht mehr gewohnt, auch wenn sie nun schon zum zehnten Weihnachtsfest nach der Übersiedlung kamen. Der lange Weg von Helsinki barg seine Gefahren.

Nach einem schier endlosen Warten hörten sie endlich das langersehnte Knirschen von Autoreifen im Schnee, die Hupe des Wagens, die eindringlich signalisierte, sie waren endlich da. Mit nordischer Unterkühltheit, auch wenn drinnen das Herz riesen Sprünge machte, wurde die Begrüßung durchgeführt. Und doch, es hatte sich alles verändert, die trostlose, graue Stimmung des Winters war in eine fröhliche Sommerstimmung gewandelt, das Leben war wieder lebenswert. Das Haus war mit dem Betreten der Kinder von einem lebendigen Familienleben erfüllt, so wie es damals war, als ihre Tochter noch bei ihnen wohnte.

Genugtuung und Zufriedenheit war eingekehrt, so wie sie aus Turku jeden Heiligabend den Weihnachtsfrieden verkündeteten. Und es waren nicht die heiligen drei Könige, die das Glück verteilten, es waren ihre Kinder, die ihnen das schönste Geschenk des Jahres bereiteten, ihnen für ein paar Tage den Sinn des Lebens zurückgaben.

Nach der Weihnachtssauna trank man Kaffee und aß die selbstgebackenen Weihnachtssterne aus Blätterteig mit Pflaumenmus und Puderzucker. Das kleine Mädchen mochte sie besonders gerne und es bereitete den Großeltern viel Freude, ihm beim Essen zuzusehen. Auch die leuchtenden Augen des Kindes beim Schmücken des Tannenbaumes zu beobachten, wie es immer aufgeregter wurde, sich die Wangen röteten und die Ungeduld auf den Höhepunkt des Tages sich zunehmend steigerte, erinnerte sie an längst vergangene Zeiten.

Das Festessen war sicherlich für die Erwachsenen das

Schönste am Heiligabend, für das Kind war es nur eine lästige Verzögerung. Dennoch genossen sie die Vielfalt, die man nur zu diesem Fest auftischte. Der selbstgegarte Schinken gehörte ebenso dazu wie die im Backofen zubereitete Lachsforelle, der Karottenreisauflauf, der mit Sirup leicht gesüßte Kartoffelmus, Steckrübenmus und finnischer Gulasch. Spannung gab es dann wieder beim Nachtisch. Im Milchreis, den man mit Backobst aß, war eine Mandel versteckt. Wer diese bekam, dem wurde besonders viel Glück verheißen. Natürlich wurde es so eingerichtet, dass das Enkelkind die Mandel in seinem Reis fand.

Der Weihnachtsmann kam wie immer recht spät. Man wohnte im letzten Haus der Straße, da bestand immer die Gefahr, dass der rotberockte Bartträger nicht mehr ganz nüchtern eintraf. Diesmal aber hatten sie Glück. Dem Weihnachtsmann war kein Alkoholkonsum anzumerken und das Enkelkind zeigte keine Angst. Es war eine harmonische Weihnacht.

Und während sie noch gemütlich zusammensaßen und Weihnachtslieder hörten, dachten die Großeltern schon wieder daran, dass es nicht lange dauern würde und das Haus in seinen monatelangen Dauerschlaf zurückverfallen würde. Die Kinder wären wieder im entfernten Land, und sie säßen hier alleine und warteten auf ihre Rückkehr. Und das würde nun bis an ihr Lebensende so andauern. Es wäre ein ständiges Warten auf den Sommer und auf Weihnachten.

Der Weihnachtseinkauf

Da stand sie nun mit ihrem vollgepackten Einkaufswagen und heulte bittere Krokodilstränen. Das Portemonnaie habe man ihr gestohlen. Hier in diesem Supermarkt und nun sei ihr letztes Geld weg. Die Familie würde über die Feiertage nichts zu essen haben und die Kinder bekämen am Heiligabend keine Geschenke. Es sei eine Katastrophe! Sie könne sich nicht nach Hause wagen. Wie solle sie es ihrem Mann und den Kindern erklären? Lieber würde sie in die Weser springen und für immer verschwinden, aber nach Hause könne sie nicht mehr kommen.
Die Schlange an der Kasse wurde immer länger. Von hinten wurden schon Rufe laut, ob es denn hier überhaupt nicht mehr weiterginge. Die Kassiererin hockte hilflos hinter ihrer Kasse, schielte verlegen auf die vor ihr heulende Frau und ratlos auf die Kunden, die darauf warteten, ihre Einkäufe bezahlen zu können. Schweißperlen traten auf ihre Stirn. Sie betätigte schließlich eine Klingel und es dauerte nicht lange, da trabte eine energische junge Frau heran, fragte schroff, was denn los sei.
„Tut mir leid", sagte sie schließlich mitleidslos, als ihr die Sachlage geschildert wurde, „dann muss der Einkauf eben hier bleiben. Stornieren Sie die Eingaben", befahl sie der Kassiererin.
Die etwas korpulente Frau hinter dem Einkaufswagen klammerte sich verzweifelt am Griff fest, weinte von neuem laut los und ließ ihren Tränen freien Lauf. Wie könne sie so herzlos sein, ihre Kinder, es ist doch Weihnachten und .., schluchzte sie mit erstickender Stimme.
Nein, betonte die junge Kassenaufsicht, wenn sie nicht bezahlen könne, muss die Ware hier bleiben..
Aus der Schlange der wartenden Menschen trat ein

älterer, weißhaariger Herr heraus, öffnete seine Geldbörse und legte zwanzig Euro auf die durchsichtige Plastikablage vor der Kassiererin. „Wenn jeder eine kleine Spende tätigt, dann haben wir für diese arme Frau nicht nur das Weihnachtsfest gerettet, sondern unserem Herzen auch eine Freude gemacht", sagte er und reihte sich wieder in die Schlange ein.
Zögerlich lösten sich nach und nach Wartende aus der Kundenschlange und legten Münzen und Scheine auf den Tresen. Schließlich fehlten noch sechs Euro zwanzig, um den Einkauf der weinenden Mutter zu bezahlen. Unter den fordernden Blicken der Kunden ließen sich dann auch die Kassenaufsicht und die Kassiererin erweichen, die Restsumme zu spenden. Freudiger Beifall begleitete die Überreichung des Kassenbons an die mittellose Frau. Die wischte sich verschämt die Tränen aus dem Gesicht und bedankte sich leise mit gesenktem Blick für so viel Barmherzigkeit und sie wünsche allen von Herzen eine gesegnete Weihnacht. Ihre Kinder würden es ihnen danken und auch der liebe Gott da oben. Dann schob sie mit ihrem vollen Einkaufswagen davon und die übliche Geschäftigkeit tilgte die kurzzeitige Weihnachtsstimmung.

Zu Hause angekommen, empfing ihr Mann sie im Unterhemd vor dem Fernseher sitzend, rauchend und Bier trinkend.
„Na", fragte er durch die Wohnung rufend, „hat es geklappt?"

Der Weihnachtsmann ist auch nur ein Mensch

Dass so ein Gabenbringer zu seiner Hauptarbeitszeit voll im Stress steht, kann wohl jeder nachvollziehen. Und man sollte meinen, dass ein jeder dafür Verständnis hat, wenn es der Rotberockte in seiner Eile mit Verkehrsregeln nicht so genau nimmt. Aber leider gibt es dann doch immer wieder so Wichtigtuer, die mit erhobenem Zeigefinger dem Himmelsboten irdische Regeln einbläuen wollen.

Nun, das Fest der Feste war nicht mehr weit und der Weihnachtsmann war mit seinem riesigen Einkaufszettel auf irdischen Straßen auf Einkaufstour. Musste in dieses und jenes Geschäft, um die vielfältigen Wünsche der Erdenbewohner zu befriedigen. Wenn es die Zeit erlaubte, parkte er seinen Rentierschlitten ordnungsgemäß auf gekennzeichneten Stellflächen.

Er hatte den ganzen Tag hart gearbeitet und gelangte nun spät am Abend in der Innenstadt in einen Verkehrsstau. Die Uhr zeigte ihm an, dass die Geschäfte bald schließen würden und er sein Pensum an diesem Tag nicht erledigen könnte, wenn er noch länger aufgehalten würde. Kurz entschlossen lenkte er seinen Rentierschlitten auf den Fußgängerweg, trieb die Rentiere an, klingelte wie wild mit seiner Glocke, dass die Passanten aufgeschreckt zur Seite sprangen.

Das hatten Polizeibeamte in einem Streifenwagen beobachtet, die nun das Blaulicht einschalteten und dem wilden Gefährt auf dem Bürgersteig folgten. Der Weihnachtsmann ignorierte den aus dem Streifenwagen mit einer Kelle gestikulierenden Beamten und stoppte erst, als er endlich das von ihm angesteuerte Geschäft erreicht hatte. Es war ein Juweliergeschäft, denn auf der Einkaufsliste des Weihnachtsmannes stand, dass sich ein Helmut Kowalski eine Wanduhr mit Gong just aus diesem Geschäft wünschte. Es war mittlerweile eine

Minute vor acht Uhr. Also sprang der Weihnachtsmann in einem gekonnten Schwung vom Rentierschlitten und stürmte in das Geschäft.

Sein Auftritt in dem Juwelierladen war jedoch von solcher Wucht, dass die wenigen Kunden und die Verkäufer an einen Überfall glaubten und kreischend in Deckung gingen. Alle Beschwichtigungen des Weihnachtsmannes, der außer Atem versicherte, dass er nur Gutes im Schilde führe, nutzte nichts. Zudem wurde auch noch die Ladentür ein zweites Mal krachend aufgerissen und zwei Polizeibeamte mit gezückter Waffe standen breitbeinig vor dem Weihnachtsmann und befahlen ihm, die Hände hoch zu nehmen.

Der gute Mann wusste nicht, wie ihm geschah. Sollte er lachen, aufgrund des Missverständnisses? Oder sollte er zornig werden über so viel Dreistigkeit, ihn, dem vom Himmel Abgesandten, mit der Waffe zu bedrohen? Er wollte mit einem Lächeln auf die Beamten zugehen und das Missverständnis aufklären, aber sofort wurde er angeherrscht, ja stehen zu bleiben, da man sonst von der Schusswaffe Gebrauch machen müsste. Der Weihnachtsmann sah ein, hier half nur bedächtiges Handeln.

„Nun mal ganz ruhig, meine Herren", sagte er in gütigem Ton, „Sie sehen doch, ich bin der Weihnachtsmann und will hier nur eine Uhr kaufen."

Der kleinere der Beamten setzte ein breites Grinsen in sein Gesicht: „Der Weihnachtsmann", lachte er, „wir werden dir gleich zeigen, wer hier der Weihnachtsmann ist. Umdrehen und Hände auf dem Rücken!", befahl er nun im barschen Ton.

Der Weihnachtsmann schüttelte sein weißes Haupt und tat wie befohlen. „Sie verhindern, dass ich alle Geschenke für das Weihnachtsfest rechtzeitig besorge", murmelte er durch seinen Bart.

„Wir verhindern hier nur einen Raub", zischte der kleinere Ordnungshüter und zerrte dem Rotberockten

an seinem Mantel. „Papiere!", forderte er und tastete den Weihnachtsmann nach Waffen und Papieren ab.
Der zweite Polizist senkte langsam seine Waffe. In seinem Gesicht zeichneten sich Zweifel ab. Konnten sie hier tatsächlich auf den richtigen Weihnachtsmann gestoßen sein? Es kam ihm lächerlich vor, denn jeder erwachsene Mensch wusste doch, dass es den Weihnachtsmann in Wirklichkeit gar nicht gab. Aber der hier wirkte doch sehr echt. Oder spielte er seine Rolle nur perfekt? „Lass mal, Helmut", versuchte er seinen Kollegen zu beruhigen, aber der hatte das Portemonnaie des Weihnachtsmannes gefunden und zerrte es ihm aus der Hose. Als er die vielen Geldscheine darin sah, pfiff er durch die Zähne. „So, so, der Weihnachtsmann mit so viel Geld. Wohl vorher noch 'ne Bank ausgeraubt, was?"
Der Weihnachtsmann schüttelte sein weises Haupt. „Was meinen Sie, wie ich die Weihnachtsgeschenke bezahlen soll? Umsonst gibt es auf dieser Welt nichts. Und auch dem Weihnachtsmann wird nichts geschenkt."
„Das klären wir auf dem Revier", sagte der kleinere Ordnungshüter und schob den Weihnachtsmann zum Ausgang.
„Mensch, Helmut", sagte der zweite Polizist, „nimm ihm wenigstens die Handschellen ab. Wenn die kleinen Kinder das draußen sehen, bekommen die einen Schock fürs Leben. Der Weihnachtsmann in Handschellen, das geht überhaupt nicht."
Helmut nahm dem Weihnachtsmann widerstrebend die Handschellen ab. „Wenn du versuchst zu fliehen, dann gibt es einen toten Weihnachtsmann. Haben wir uns verstanden?"
Der Weihnachtsmann ergab sich resignierend seinem Schicksal. „Und was ist mit meinem Schlitten?", fragte er.
Die Polizisten sahen sich fragend an. Was sollten sie mit diesem merkwürdigen Gefährt anfangen? Auf dem

Bürgersteig konnte er nicht rechtswidrig geparkt stehen bleiben.

„Wie wär's, wenn ich Sie auf dem Schlitten zum Revier begleite und du, Helmut, fährst mit dem Streifenwagen hinter uns her?", fragte der zweite Polizist.

Sein Kollege war, wenn auch nur der Not gehorchend, einverstanden.

So begab sich nun dieses außergewöhnliche Gespann auf die Fahrt durch die verschneiten Straßen: der Rentierschlitten mit dem Weihnachtsmann und einem Polizisten vorweg und ein mit Blaulicht blinkendes Polizeifahrzeug hinterher.

Der auf dem Rentierschlitten sitzende Polizist sah sich den neben ihm sitzenden Mann mit seinen weißen Haaren, dem weißen langen Bart und dem roten Kapuzenmantel kritisch an. „Sind Sie wirklich der richtige Weihnachtsmann?", fragte er schließlich.

Der Weihnachtsmann blickte gütig auf seinen Nebenmann. „Ich bin der wirklich richtige Weihnachtsmann", versicherte er.

Der Polizist druckste herum. „Ich kann Sie … ich kann Sie leider nicht laufen lassen. Mein Kollege … na ja, er hat keine Kinder und er … er glaubt einfach nicht an den Weihnachtsmann."

Auf dem Revier angekommen entstand erst einmal großes Gelächter. „Helmut hat den Weihnachtsmann verhaftet!", hieß es und freundliche Beamte reichten dem Verhafteten heißen Tee und Gebäck.

Dann musste der Weihnachtsmann seinen Mantel ausziehen, sein Bart und seine Haare wurden auf Echtheit überprüft und er wurde einem Verhör unterzogen. Jemand lästerte, Petrus könne doch eine Bestätigung schicken, dass der Mann hier unten auf Erden der richtige Weihnachtsmann sei. Darüber wurde dann wieder kräftig gelacht.

Als das Verhör keine weiteren Erkenntnisse brachte und

dem Weihnachtsmann außer rowdyhaftem Verkehrsverhalten nichts nachzuweisen war, stellte Helmut ihm einen Strafzettel aus, kassierte das Geld gegen Quittung sofort und ließ den Weihnachtsmann unwillig ziehen.

Es dauerte seine Zeit, bis der Weihnachtsmann seinen Groll über diesen Vorfall verdrängt hatte. So besorgte er weiter die auf seinem Einkaufszettel stehenden Geschenke und bereitete sich auf die Gabenüberbringung am Heiligen Abend vor.
Dann war es endlich so weit. Schon früh am Morgen belud er seinen Schlitten und machte sich auf den Weg, klapperte ein Haus nach dem anderen ab, bis es schließlich am späten Nachmittag galt, die letzten Geschenke zu verteilen. Es waren ein Päckchen mit Parfum für Helene Kowalski und jene Uhr, um die es so viel Wirbel gab. Der Weihnachtsmann klingelte an der Tür und war für bass erstaunt, als er den Mann wiedererkannte, der da vor ihm stand. Es war dieser kleine, beflissene Polizist, der an seiner Echtheit gezweifelt hatte. Der Weihnachtsmann ließ sich nichts anmerken, betrat die Wohnung, gab der Dame des Hauses ihr Geschenk und kramte das Paket mit der Uhr aus seinem Jutesack.
Wie eine schwarze Wolke bei aufkommendem Gewitter verfinsterten sich mit einem Male die Gedanken des Weihnachtsmannes, spürte er wieder die Demütigung, die ihm durch diesen Mann widerfahren war und als er gerade dem Helmut Kowalski das Paket überreichen wollte, rutschte es ihm aus den Händen und fiel scheppernd mit viel Ding Dong auf den Boden.
Bevor Helmut Kowalski aus seiner Schockstarre erwachte, hatte der Weihnachtsmann sich bereits umgedreht, das Haus verlassend, und war pfeifend auf seinem Rentierschlitten gen Himmel geflogen.

Der Weihnachtsbaum

Als mein Vater mich zu Weihnachten das erste Mal mit in den Wald nahm, um eine Weihnachtstanne zu schlagen, war ich nicht viel größer als der Esstisch in unserer Küche. Es war ein kalter, klarer Weihnachtstag. Über Nacht hatte es viel geschneit und Vater hatte morgens den Hof mit dem Schneeschieber vom Schnee befreit und mit mir eine Schneeburg gebaut, in die wir am Nachmittag, wenn es dunkel wurde, Kerzen stellen wollten. So war ich hin und her gerissen, als Vater mich zum Aufbruch mahnte. Denn einerseits zog es mich in die Schneeburg, andererseits wollte ich aber auch dabei sein, wenn Vater den Weihnachtsbaum aus dem Wald holte.

Mein Vater hatte mir gut zugeredet, ich könne doch noch lange genug in der Schneeburg spielen, aber dort im Wald, da gab es gerade zu Weihnachten merkwürdige Dinge zu beobachten. Und wenn wir Glück hätten, begegnete uns der Weihnachtsmann, so dass wir ihn ermahnen könnten, ja pünktlich zur Bescherung bei uns zu sein. Gegen so viele Argumente konnte ich mich nicht verschließen. Vater setzte mich auf den Gleitschlitten und schon ging es los zu dem nahegelegenen Wald.

Der Schnee hatte alle Bäume mit einer dicken weißen Schicht überzogen, so dass es Vater schwer fiel, den rechten Baum zu finden. „Was meinst du, Jaska, ist das der richtige Baum?", fragte er mich, schüttelte den Schnee von der Tanne und machte dann doch ein enttäuschtes Gesicht, wenn ihm der nackte Baum nicht so gefiel. „Wenn die Zweige zu dünn und zu wenig sind, schimpft Mama mit uns. Also müssen wir eine prächtige Tanne mit nach Hause bringen, damit wir ihn dann schön schmücken können."

Erst die vierte Tanne stellte Vater zufrieden und er sägte sie etwas oberhalb des Bodens ab.

„Wo sind denn hier die merkwürdigen Dinge? Und wo ist der Weihnachtsmann?", wollte ich wissen, nachdem sich die Spannung des Weihnachtsbaumsuchens verflogen hatte.

„Schau dich um", sagte Vater, „siehst du nicht, wie die Wichtelmänner hinter den Bäumen hervorschauen und uns beobachten. Schau nur dort, ah, jetzt ist er wieder verschwunden. Du musst aber ganz genau aufpassen. Sie sind sehr flink."

Ich sah keine Wichtelmänner, nur weiße Bäume in einem dunklen Wald. „Ich seh' sie nicht", sagte ich enttäuscht, obwohl mir bei dem Gedanken, wir würden von diesen Zwergen beobachtet, doch recht mulmig war.

„Du musst gut aufpassen", antwortete Vater lächelnd und zog mich und die zusammengeschnürte Tanne durch den dicken Schnee.

Aber so sehr ich auch aufpasste, kein Wichtelmännchen wollte sich mir zeigen. Dabei wusste ich genau, dass diese Gnome Helfer des Weihnachtsmannes waren, und wo sie auftauchten, der Weihnachtsmann nicht mehr weit war.

Zu Hause angekommen stellte Vater die Tanne auf den Hof, schüttelte und rüttelte sie, dass sie vom Schnee befreit war, und rief Mutter, den Baum zu begutachten. Mutter beäugte unseren Weihnachtsbaum kritisch und lobte dann ihre tapferen Männer, dass sie aus der finsteren Wildnis und unter all diesen Gefahren einen so schönen Tannenbaum mitgebracht hatten. Ich war stolz auf uns, denn immerhin war ich dabei, als Vater und ich ihn auswählten.

Als die Dämmerung einsetzte, ging Vater mit mir in die Schneeburg und wir stellten brennende Kerzen hinein, so dass das Licht eine warme Behaglichkeit trotz klirrender Kälte ausstrahlte. Ich konnte mich von diesem Anblick nicht trennen, aber die Weihnachtssauna war schon fertig. Und so ermahnte mich Mutter ins Haus zu kommen. In der Sauna hatte ich dann Angst, die Wichtelmänner aus dem Wald könnten auf unseren Hof kommen und die Kerzen in meiner Schneeburg auspusten, aber Vater beruhigte mich, dass diese Tontus kleine Kinder nicht ärgern würden. Und er hatte Recht, denn als ich mit dem Saunagang fertig war und nach meiner Schneeburg schaute, brannten noch alle Lichter. Nach dem Weihnachtskaffe durfte ich dann beim Baumschmücken helfen. Und mit jeder Kugel, mit jedem Baumschmuck, der an der Tanne befestigt wurde, steigerte sich in mir die Aufgeregtheit, bis ich es nicht mehr aushalten konnte und zum Windfang lief, um zu schauen, ob der Weihnachtsmann nicht endlich käme. Der ließ aber auf sich warten, wie jedes Jahr, denn wir wohnten ziemlich am Ende des Dorfes.

Als er dann doch endlich an unserer Tür polterte, versteckte ich mich ängstlich hinter dem Sofa. Alle Missetaten des vergangenen Jahres gingen mir durch den Kopf, denn ich wusste, dass der Rotrock darüber genau Buch führte. Über meine guten Taten wurde immer nur geschwiegen. Mutter holte mich hinter dem Sofa vor und nahm mich auf den Schoß. Vater schenkte dem Weihnachtsmann erst einmal einen Cognac ein, denn er müsse sich ja aufwärmen, der arme Mann, war er doch den weiten Weg durch die Kälte zu uns gekommen. Und da es heute ein besonders kalter Tag war, verlangte er noch einen zweiten. Dann erst besann er sich auf den Zweck seines Kommens. Und wie geahnt, drohte er beim Aufzählen meiner Bockigkeiten und Fehlverhalten mit der Rute. Mutter streichelte mir über den Kopf und sagte dann doch, dass der Jaska im Prinzip aber ein ganz lieber Junge sei und seinen Eltern viel Freude brächte. Das rettete mich dann wohl, denn endlich griff der Himmelsmann in den Sack und brachte Pakete zum Vorschein, die er mir und meinen Eltern überreichte. Und zu meiner Überraschung bat er mich noch, mit nach draußen zu kommen. Ich zögerte, denn ich befürchtete, dass er dort Verstärkung durch seine Wichtelmänner bekommen würde, doch zu meiner großen Freude stand auf der Veranda das von mir heiß ersehnte Fahrrad, zwar noch mit Stützrädern, aber immerhin.

Es war ein schöner Heiliger Abend, ich konnte nicht genug mit meinen Geschenken spielen. Aber irgendwann war ich dann vor Erschöpfung eingeschlafen und träumte von einem dunklen Wald, in dem kleine Wichtelmänner hin und her flitzten und plötzlich, wie durch ein Wunder, stand ich vor einer Lichtung in deren Mitte ein mächtiger Tannenbaum im Glanze vieler Lichter erstrahlte. Es war mein Tannebaum, den ich für unser Weihnachtsfest erwählte.

Die zerbrochene Tannenbaumspitze

Nur noch wenige Stunden waren es, dass die Kinderherzen Erfüllung fänden und das Warten auf den Weihnachtsmann ein Ende hätte. Aber noch immer strömten unzählige Menschen durch die Straßen und erledigten die letzten Weihnachtseinkäufe. Hastig schoben sie durch die Gänge der Kaufhäuser, getrieben von der Angst, nicht mehr alles zu schaffen, was noch hätte erledigt werden müssen. Die Einkaufskörbe quollen auch jetzt noch über, obwohl nun doch wahrhaftig genug Zeit gewesen war, vor dem heutigen Tage alles zum Fest einzukaufen. Die Kassiererinnen schwitzten vom hastigen Eintippen in die Kassen und stöhnten darüber, dass die Leute nach wie vor Geld zum Einkaufen hatten.

In der Tür eines Kaufhauses stand zögernd ein alter Mann in einem schmuddeligen, grauen Stoffmantel. Sein Gesicht war weiß vor Kälte und seine Augen waren rot umrandet. Er zitterte leicht und rieb sich die steifen Finger. Unschlüssig schlurfte er zunächst langsam weiter, wurde von vorbeieilenden Menschen gestoßen und zur Seite gedrückt. Er merkte es aber nicht, sondern setzte seinen Weg fort, jetzt so, als würde er von etwas unaufhaltsam angezogen. Er blieb kurz stehen, reckte seinen Hals und blickte suchend über die Ladenregale. Dann schlich er weiter, bis er vor einem Regal mit Weihnachtsschmuck stehen blieb. Seine Augen bekamen einen merkwürdigen Glanz, als er eine goldene Tannen-baumspitze erspähte, die als letzte, trostlos in fast leeren Fächern, liegengeblieben war. Das Neonlicht spiegelte sich in ihr, sandte lockende Strahlen zu dem Alten aus. Sie hatte einen dicken Bauch von dem kleine Glocken herunterhingen. Aus ihrer Spitze quoll goldenes Lametta.

Er streckte zögernd die Hände nach ihr aus, bis sie sie

berührten und sogleich zurückzuckten. Dann nahm er sie doch, hielt sie zärtlich in seinen Händen. Ein glückliches Lächeln überflog seine Lippen. Er wandte sich dem Ausgang zu und ging langsam den Gang zu den Kassen hinunter, die Tannenbaumspitze in beiden Händen haltend, so als würde er einen Säugling in seinen Händen wiegen. Ängstlich blieb er stehen, wenn eilige Leute ihn anstießen oder an ihm vorbei wollten. Es dauerte seine Zeit bis er an die Kasse gelangte. Er wartete geduldig bis es seine Reihe war, die Tannenbaumspitze zu bezahlen. Vorsichtig reichte er der Kassiererin die in seinen Händen liegende Ware. Diese griff hastig zu, so dass er erschrak, seine Tannenbaumspitze könne zerbrechen. Mit zittrigen Fingern kramte er in seinen Manteltaschen und legte abgezählte zwölf Mark und fünfundneunzig Pfennige auf den Tresen. Eine Menge Geld für ihn, aber er hatte sich vor Tagen in diese Tannenbaumspitze verliebt, und er musste sie einfach haben. Seine Frau und er würden sich dafür über Weih-nachten einschränken. Er betrachtete es als sein Weih-nachtsgeschenk. Es machte ihn glücklich, so ein kleines, schönes Stück Luxus zu besitzen, von dem er schon als Kind geträumt hatte.
Er sah vor seinen Augen, wie er vor dem Weihnachtsbaum stand, der, mit ein paar Kerzen und wenig Lametta, kärglich geschmückt als Krönung oben auf der Spitze seinen goldenen Traum besaß.
Die Kassiererin legte ihm die Spitze in eine dünne Plastiktüte, nahm das Geld, sortierte es in die Kasse und drückte ihm die Tüte in die Hand.
Er verharrte einen Moment bevor er weiterging. Er war über-glücklich. Aber wie so häufig in seinem Leben, hatte das Schicksal es nicht gut gemeint mit ihm. Von der Seite rempelte ein hastiger Kunde ihn an, ohne ihm auch nur die geringste Beachtung zu schenken. Die Tüte mit seiner Tannenbaumspitze fiel ihm aus der

Hand, und jenes herzzerreißende Klirren war zu vernehmen, wenn feinstes Glas in tausend Scherben zerbricht. Der Rempler war weitergeeilt, hatte nicht wahrgenommen, was er angerichtet hatte. Der Alte stand da, starrte fassungslos auf den am Boden liegenden Scherbenhaufen, und langsam rannen Tränen aus seinen geröteten Augen. Er kniete sich nieder zu seiner zerborstenen Tannenbaumspitze und es steckte noch immer Liebe in seinem Handeln, als er die vielen kleinen Scherben mit seinen zitternden Fingern auflas.
Eine Verkäuferin, die ihn beobachtet hatte, war zu ihm geeilt und half ihm beim Auflesen. Als sie in seine traurigen Augen blickte, aus denen noch immer vereinzelte Tränen rannen, da stand sie auf und lief davon. Der Alte hatte die Scherben in die aufgeschlitzte Tüte gesammelt, umschlug die Rissstelle mit dem oberen Tütenteil und stand mühsam auf. Er hielt seinen Rücken, der ihm schmerzte, und ohne jegliche Hoffnung strebte er dem Ausgang zu, einem trostlosen, bitteren Heiligabend entgegen.
Er wollte gerade das Kaufhaus verlassen, als er am Arm festgehalten wurde. Es war die Verkäuferin, die ihm beim Auf-sammeln der Scherben geholfen hatte. Sie überreichte ihm ein kleines, längliches Päckchen und nahm ihm die Plastiktüte mit den Scherben ab, die er noch immer in den Händen hielt. Sie lächelte ihm zu und sagte: „Frohe Weihnachten." Und in ihren Worten lag so viel Wärme und Ehrlichkeit, dass sich die Wärme ihrer Worte auf sein Herz übertrug und so ein wenig die Trauer um die zerbrochene Tannenbaumspitze auftaute.
Ehe er etwas sagen konnte, war die Frau wieder im Men-schengewühl verschwunden, und er stand da mit seinem Päckchen, erstaunt und verwundert. Er wusste nicht, was ihm die nette Frau gegeben hatte, aber eine ganz vage Vermutung hatte er schon.

Als er zu Hause ankam, sagte er von allem nichts. Er überreichte seiner Frau das Päckchen, ließ sich aus dem Mantel helfen und schlurfte zum Tannenbaum. Seine Frau öffnete das Papier und zum Vorschein kam eine silberne Tannenbaumspitze. Sie stellte sich auf einen Stuhl und stülpte den Schmuck auf die Spitze des Tannenbaumes. Er stand davor und blickte hinauf. Sicher, es war nicht seine Tannenbaumspitze, aber es war ihm, als funkelte von dort oben der Stern von Bethlehem, und er spürte noch einmal die Wärme der Worte: ,,Frohe Weihnachten".

Es ist ein Ros entsprungen

Der Pastor hatte wie in jedem Jahr vor den Feiertagen viel zu tun. So pflegte er vor dem ersten Advent von Haus zu Haus, von Bauernhof zu Bauernhof zu radeln und jeden einzelnen ins Gewissen zu reden, an den Adventssonntagen aber vor allem am Heiligabend den Gottesdienst zu besuchen. Wer nicht kommen würde, sei ein unverbesserlicher Heide, den der Düwel spätestens am jüngsten Tag in die Hölle holen würde. Die Gemeindemitglieder kannten ihren alten Pastor schon, klopften ihm lachend auf die Schulter, bejahten ihr Kommen und schenkten ihm aus der durchsichtigen Flasche von dem klaren Weizenwasser ein. Nicht selten passierte es, dass der Gottesmann dann den letzten Hof des Bauern Harm Harmsen nicht mehr erreichte, weil ihn seine Gleichgewichtskünste auf dem Fahrrad verließen und er schon mal eine Nacht im Straßengraben verbrachte.

Das sollte ihm in diesem Jahr nicht passieren. Es wurmte den Schwarzkittel, dass Harm Harmsen sich in all den Jahren nicht zum Weihnachtsgottesdienst eingefunden hatte und sich auch sonst sehr gotteslästerlich verhielt. Und das bei einem Mann, dessen Lebensunterhalt von Gottes Gnaden abhing, der von dem Wohl des Mannes da oben mehr als alle anderen abhängig war. So beschloss der Pastor, seine adventliche Einladungstour dieses Mal anders herum zu beginnen. Also radelte er mit wehendem Talar bei klirrendem Frost und einer steifen Briese über die Feldwege zum Hof seines untreuen Gemeindemitgliedes.

Harm Harmsen war gerade damit beschäftigt, seine Kühe zu melken, als der Pastor mit durchgefrorenem Gesicht und fast erfrorenen Händen in den Kuhstall trat. Harmsen blickte nur kurz auf, spuckte aus und setzte seine Arbeit fort.

„Moin", grüßte der Pastor schroff und hauchte sich in die klammen Hände, „hest mol een beten tid vorn Schnack unner gestandene Mannslüt?"
Harm Harmsen melkte unbekümmert weiter. Erst als der Kirchenmann ihn zu nahe auf die Pelle rückte, blickte er an dem langen, dürren Mann hoch, verweilte einen Augenblick auf dem spitzen Kinn des Schwarzkittels, während seine Hände automatisch die Euter seiner Schwarzbunten massierte. „Wat wult ju, Pastor", grummelte er, bemerkte, dass der Milchstrahl aus dem Euter abriss, wischte sich die Hände an der Hose ab, nahm den Eimer mit der frisch gemolkenen Milch und stand von seinem Melkschemel auf, so dass er dem Kirchendiener fast Nase an Nase gegenüberstand.
„Ick hepp die lang nich innne Kaken gesehn. Un bald is Wiehnochten, da will ick doch wohl hopen, dat de Bur Harm Harmsen sien Gott för all dat, wat ihn die Natör schenkt heppt, danken will."
Harm Harmsen stellte den Milcheimer ab, sah den Pastor streng in seine blauen Augen und holte tief Luft.
„Ick will die mol wat vertelln, Pastor", hub er an und zählte nun auf, was ihm der „liebe Gott" in diesem Jahr alles für Missernten beschert hatte. Erst wäre es zu heiß und zu trocken gewesen, so dass das ganze Getreide nicht einmal zum Viehfutter tauge, dann wäre es zu kalt und zu nass gewesen, dass die Kartoffeln im Boden verfaulten und und und. Immer wieder wenn der Pastor seine Hand erhob und ihn unterbrechen wollte, um Gottes gnädige Taten zu rechtfertigen, schlug ihm Harm Harmsen die Hand zur Seite und redete ohne Pause weiter. Als der Bauer sich an der eigenen Spucke verschluckte und in einem Hustenanfall nicht weiterreden konnte, fand der sonst nicht auf den Mund gefallene Prediger die Chance, seinen Chef da oben zu verteidigen.
„... un weil das allns Gottesgaven sünd, die du da all die Johr ut dienem Acker holst, is man son dammiges Johr

nich aller Johr Maßstab. Wiehnochten is dat Fest der Liebe", flötete der Pastor, „da schallst du mol wedder deinem Herrn die Ehr erwiesen. Un wenn du nich kömmst, schall de Düwel över dienem Hoff allwedder herfegen."
Darüber gerieten die beiden dann in ein heftiges Streitgespräch, dass der Pastor am Ende wütend den Hof verließ und fluchend über die frostigen Wege zurück ins Dorf radelte.
Die Adventstage vergingen. Mit glühenden Worten predigte der Kirchenmann von der Kanzel, redete seiner Gemeinde ins Gewissen, allein Harm Harmsen ward nicht im Gotteshaus gesehen. Nun muss noch erwähnt werden, dass Gesine Harmsen, die Frau von Harm Harmsen, gerade zu Weihnachten auf ihre Niederkunft wartete. Eigentlich hätte das Kind – der Bauer hoffte nach zwei Mädchen, endlich auf einen männlichen Erben, der den Hof einmal übernehmen würde – schon zum vierten Advent das Licht der Welt erblicken sollen, aber es ließ ungewöhnlich lange auf sich warten.
Als am Heiligabend die Dorfgemeinde bei leichtem Schneegriesel zur Kirche strebte, geschah etwas Außergewöhnliches. Von ganz weit oben am Himmel erstrahlte ein Stern und sandte sein Licht wie gebündelt auf einen Punkt der Gemeinde Lüttjümmerns. Die Menschen blieben erstaunt stehen, hielten inne und wie von Ferne gelenkt, zog es sie zu diesem Lichtstrahl, so dass sie in einem langen Prozessionsgang von der Kirche weg dem Licht folgten. Der Pastor wunderte sich, dass seine Kirche leer blieb, und er trat vor das Kirchenportal und sah seine Schäflein davoneilen. Dann erblickte auch er das Licht, schwang sich auf sein Fahrrad und raste in Windeseile seiner Gemeinde hinterher. Als er sie endlich ein- und überholt hatte, wurde ihm gewahr, wohin das Himmelslicht sie führte. Er sprang von seinem Rad, stellte sich mit erhobenen

Armen vor die Karawane und beschwor die Menschen, sich nicht diesem heidnischen Haus zu nähern. Doch alle Beschwörungen nützten nichts, die festlich angezogenen Bauern und Dörfler schoben ihren Gottesmann zur Seite und liefen auf das Gehöfft von Harm Harmsen zu. Da blieb dem Pastor nichts anderes übrig, als sich dem Menschenstrom voranzustellen und als schützendes Schild gegen das Böse zu agieren.

Je näher sie sich aber dem Hof näherten, um so seliger wurden ihre Gemüter, um so sanfter ihre Stimmung, bis sie vor dem Haus standen, mitten im Lichtschein und ein jubelndes Hosianna empfingen, in der Gewissheit, hier und heute am Heiligen Abend etwas ganz Besonderes erleben zu dürfen. Sie waren ihrem Herrn noch nie so nahe, wie in diesem Augenblick.

Der Pastor klopfte an die Tür und wurde von einem kleinen Mädchen hereingebeten. Als er in die gute Stube trat, hörte er das Geplärre eines gerade geborenen Kindes. Und stolz kam Harm Harmsen mit aufgekrempelten Hemdsärmeln und einem glückseligen Lächeln auf den Lippen ins Zimmer.

„Siehste, Pastor", sagte er, „davon hebb ick mien Leben lang geträumt, dat die Gemeinde mol tu mie int Hus kömmt un mienen Sohn ton Burtstag gratuliert."

Und draußen sang die Gemeinde voller Innbrunst: „Es ist ein Ros entsprungen."

Dass Harm Harmsen von diesem Tag an ein eifriger Kirchgänger wurde, erübrigt sich eigentlich zu erwähnen.

Hannas Rückkehr

Schneeflocken gaukelten durch die Nacht. Und wenn nicht von Ferne das Gekläffe eines Hundes zu hören gewesen wäre, man hätte das Knistern des sich aufhäufenden Schnees vernommen. Weihnachtsfriede war eingekehrt. Selbst die emsigsten Menschen saßen jetzt friedlich am Tannenbaum und strahlten Ruhe aus. Auch Emelie und Hermann Blechler hatten sich dem Zeichen der Zeit ergeben, saßen vor dem geschmückten Bäumchen und träumten vor sich hin.
„Weißt du noch, wie sie sich gefreut hat, als sie die große Puppe mit den echten Haaren auspackte?", unterbrach Emelie das Schweigen. Ein wehmütiges Seufzen entglitt ihren Lippen.
Hermann Blechler holte tief Luft. ,,Ja, Herz, sie hat sich wirklich gefreut, sehr gefreut."
„Und als sie den Schlitten bekam", setzte die Frau sofort nach, ,,ach, war das ein Theater. Weißt du noch? Sie wollte unbedingt am selben Abend, am Heiligabend, nach draußen und rodeln. Dabei lag gar kein Schnee."
Sie lächelte, so wie man in Gedanken an die gute, alte Zeit lächelt. Aber dieses Lächeln hielt sich nicht lange in ihrem faltigen Gesicht. Es verhuschte und zurück blieb ein trauriger Blick in die Leere. Die Kerzen am Tannenbaum reckten ihre Flammen gerade nach oben. Draußen häufte sich leise unaufhaltsam der fallende Schnee.
,,Dabei haben wir ihr alles gegeben. Ich versteh das nicht ...", Emelies Augen röteten sich. Hermann, der die Gemütsbewegung seiner Frau bemerkte, rückte näher an sie heran und legte seinen Arm um ihre Schulter.
,,Nun lass man gut sein, Emi. Wir brauchen uns keine Vorwürfe zu machen. Das ist nun mal die Jugend von heute. Und unsere Tochter macht da auch keine Ausnahme."

Emelie schnäuzte sich und wischte die an der Nase herunterlaufenden Tränen ab. Hermann klopfte ihr tröstend auf den Arm. Auch ihm entglitt ein tiefer Seufzer.
„Genießen wir den Frieden und die Ruhe dieses Tages und lass uns hoffen, dass es ihr gut geht", sagte er beruhigend. Aber auch ihm röteten sich die Augen.
„Da schenkt man seinem Kind all seine Liebe und kaum hat es laufen gelernt, da verlässt es undankbar das Haus und muss all das, was wir sagen und machen, verurteilen und schlecht finden. Wo ist da die Gerechtigkeit?" Emelie brach in Weinen aus.
„Komm, Muttern, nun weine man nicht. So ist halt das Leben. Vielleicht wird auch Hanna eines Tages lernen, dass das Leben nicht nur aus Forderungen und Verurteilungen besteht. Ich wünschte nur, ich hätte noch die Möglichkeit, ihr zu verzeihen." Er nahm ein Taschentuch und wischte seiner Frau die Tränen aus dem Gesicht. „Siehst du, Emi, so lange wir beide uns noch haben und einigermaßen auf Draht sind, sollten wir zufrieden sein. Wir haben unserem Kind alles gegeben. Dankbarkeit ist keine Tugend der Jugend. Denk mal an uns, als wir noch jung waren."
„Aber wir sind nicht von unseren Eltern weggerannt. Und so'n bisschen Dankbarkeit haben wir doch empfunden." „Die Zeiten haben sich geändert. Die Menschen haben sich ebenfalls geändert. Und wir sind alt und verstehen das junge Gemüse nicht mehr." Hermann Blechler stand auf und ging zum Schrank, um seine Pfeife zu holen und um Kraft zu schöpfen, der inneren Traurigkeit Herr zu werden.
„Ich habe gleich gesagt, der übt einen schlechten Einfluss auf unsere Tochter aus. Und wie ist es gekommen ...", Emi setzte ihre Stimmung in Trotz um. „Der Bursche hat unsere Tochter verdorben und gegen uns aufgewiegelt. Was soll man von so einem Langhaarigen auch anderes erwarten! Er hat sie uns entfremdet." Sie

fuchtelte erbost mit ihrer Hand in Richtung ihres Mannes, der am Stubenschrank stand und seine Pfeife stopfte.
„Vielleicht hätten wir ihr doch ein bisschen mehr Verständnis entgegenbringen sollen. Sie hat ihn schließlich geliebt", entgegnete Hermann.
„Verständnis! Verständnis! Du siehst ja, wie's gekommen ist. Über ein Jahr haben wir nichts von ihr gehört. Und ...", ihre Stimme versagte. Und so schnell der Trotz gekommen war, so schnell verwandelte er sich in bittere Trauer. Sie brach in einen Weinkrampf aus.
„Nun wein doch nicht", rief Hermann ihr hinüber und sog an seiner Pfeife, um den Tabak zum Glimmen zu bringen. Er schlurfte zu seiner Frau zurück und hockte sich neben sie. „Wer weiß, vielleicht hat sie ihren Schritt schon längst bereut und wagt es nur nicht, ihren Fehler ein-zugestehen."
„Wenn ich nur wüsste, wie es ihr geht", sagte Emelie mit weinerlicher Stimme. Sie rang um Fassung, bis sich auch die ruhige Ausstrahlung ihres Mannes auf sie übertrug. „Ja, wollen wir hoffen, dass es ihr gut geht", setzte er hinzu.
Die Standuhr schlug die zehnte Abendstunde und zerriss das beruhigende zeitlose Gefühl. Und als hätten sich alle verabredet, auch draußen gaben die Kirchturmuhren die Zeit an und die Hunde kläfften aus voller Kehle. Aber kaum war der Zeiger der Uhr weitergerückt, verstummte das Zeitgeläut, und auch die Hunde hatten ihre Schuldigkeit getan. Nur, die vorherige Stille kehrte nicht wieder ein. Irgendwie vibrierte die Luft weiter, gab nicht mehr die innere Beschaulichkeit. Im Gegenteil, eine merkwürdige Unruhe machte sich breit. Sie war nicht zu sehen oder zu hören, aber Emelie und Hermann spürten sie. So, als würde sich etwas zusammenbrauen, um in einer Eskalation zu gipfeln. Emelie rückte näher an ihren Mann, der sie in seine Arme nahm.

Der schrille Schrei des Telefons setzte beiden Schrecken ins Gesicht. Sie sahen sich fragend an. Wer sollte sie so spät und noch am Heiligabend anrufen? Hermann erhob sich, um in den Flur zu gehen.

„Ja, ja, ich komme ja schon", murmelte er unwirsch, da das Klingeln an Eindringlichkeit nicht verlor. „Blechler!", meldete er sich schroff und setzte ein hartes „Wer ist denn da?" hinterher, als er nicht sofort eine Antwort erhielt.

„Papa?", hörte er die Frage einer ihm wohl vertrauten Stimme. „Papa, bist du es?"

„Hanna! Hanna! Mein Kind", rief der Vater mit zitternder Stimme in die Sprechmuschel. Sofort wandte er sich dem Wohnzimmer zu und rief seiner Frau: „Emi, es ist Hanna!"

Der Mutter schossen mit einem Male alle bisher schlummernden Lebensgeister wieder in den Kopf und sie wusste nicht, was sie zu erst machen sollte.

„Bist du noch da?", fragte Hanna ihren Vater, da er in seiner betroffenen Freude nichts mehr sagte.

„Ja, ja", antwortete er hastig, „ja, mein Kind, ich bin noch da. Wo bist du denn? Wie geht es dir? Nun sag doch schon."

Emelie eilte herbei und wollte den Hörer an sich reißen, aber Hermann wehrte ab. „Lass mich erst mal", sagte er trotzig.

„Was ist denn los?", fragte Hanna, als sie die Unruhe am anderen Ende der Telefonverbindung wahrnahm.

„Mutter wollte mir den Hörer wegnehmen", entgegnete er sofort, „aber lass uns beiden man erst mal ein bisschen klönen. Wo bist du denn, Hanna?"

„Du, Papa, das Geld ist gleich alle. Du ...", sie schwieg, scheute sich, die entscheidende Frage zu stellen.

„Was ist denn Mädchen", drang er auf sie ein.

„Du ... darf ich nach Hause kommen?", platzte es aus ihr heraus.

„Aber natürlich, mein Kind, natürlich. Wir warten doch schon so lange auf dich!"
Es war ihm, als wäre er von einer Last befreit, als hätte er etwas gesagt, was er schon lange hatte sagen wollen.
„Da ist aber noch etwas", unterbrach Hanna die Jubelstimmung ihres Vaters, „ich bringe noch jemanden mit."
„Was? Wen denn? Hanna! Hanna!"
Das Gespräch war unterbrochen.
„Was ist denn? Was ist denn?", fragte Emelie aufgeregt.
Hermann sah sie ratlos an.
„Was hat sie denn gesagt? Nun sprich doch schon!", Emelie zupfte ihm am Arm und sah ihn erwartungsvoll an. „Sie will kommen."
„Wann? Wann? Nun lass dir doch nicht alles aus der Nase ziehen." Sie war ungeduldig und bedrängte ihn.
„Wann hat sie nicht gesagt. Aber sie wollte jemanden mitbringen", antwortete er nachdenklich.
„Wenn das dieser Langhaarige ist, den schmeiß ich raus!", keifte Emelie.
„Nun lass mal gut sein", besänftigte Hermann seine Frau, „hier wird niemand rausgeschmissen. Lass sie doch erst einmal wieder nach Hause kommen."
Emelie flatterte nervös durch den Flur. „Wann kommt sie denn? Wann?"
Hermann zuckte mit den Schultern und schlurfte zurück in das Wohnzimmer. Seine Frau folgte ihm. „Hat sie denn gesagt von wo aus sie anrief?"
„Nein, hat sie nicht", erwiderte er mürrisch.
Die Weihnachtsruhe war dahin. Aber doch war ein Teil jener Stimmung zurückgekehrt, die sie aus ihrer frühesten Jugend kannten, wenn sie ungeduldig auf den großen Augenblick der Bescherung gewartet hatten. Sie saßen unruhig und nervös nebeneinander auf dem Sofa, fingerten mit auf dem Tisch liegenden Gegenständen herum, rutschten ungeduldig hin und her. Hermann

sog an seiner Pfeife, ohne zu merken, dass die Glut schon erloschen war.

Es dauerte gar nicht lange, doch erschien es ihnen wie die Ewigkeit, da riss das Läuten der Türglocke sie hoch. Beide stürzten in nie geahnter Eile zur Haustür. Emelie war schneller als ihr Mann.

Sie öffnete voll erregter Erwartung. Da stand sie vor ihnen, ihre Tochter, mit blassem Gesicht, roter Nase. Ihre schulterlangen, dunklen Haare hingen strähnig herunter, der fleckige, alte Regenmantel gab ihr nur spärlichen Schutz vor der Kälte. In ihren Händen hielt sie ein Bündel, das an einem Ende oben offen war und aus dem das zierliche Gesichtchen eines wenige Monate alten Kindes lugte.

Hanna war heimgekehrt und hielt in ihren Armen das neue Leben, das auch in ihre Eltern zurückgekommen war.

Der verunglückte Weihnachtsmann

Überraschend war gerade zu Heiligabend der Schnee weitestgehend geschmolzen. Nur eine kleine Puderzuckerdecke war geblieben. Aber der Frost hatte das Land mit einer Eisschicht darunter überzogen.
Wie zu jedem Weihnachtsfest hatte ich mit meinen Söhnen den Weihnachtsbaum aus einem Wald eines befreundeten Bauern geschlagen. Als wir nun auf eisglatter Straße – der Streudienst kam gegen den Dauerfrost nicht gegen an – mit dem Tannenbaum auf dem Gepäckträger nach Hause fuhren, gerieten wir kurz vor unserem Ort, gerade dort, wo eine Schneise den Wald in zwei Teile teilte, in einen Stau. Das war hier absolut eine Seltenheit, denn das Verkehrsaufkommen ist vor unserem Dorf sehr gering und ich kann mich nicht daran erinnern, jemals mehrere stehende Autos auf unserer Straße gesehen zu haben.
Vor uns stand Matti Rautiainen neben seinem Auto und unterhielt sich mit Jussi Linna, dem Hilfspolizisten, der gestikulierend immer wieder nach vorne zeigte und den Kopf schüttelte. Ich stieg mit meinen Jungs aus, aber Jussi kam sofort auf uns zu und riet mir, meine Söhne doch lieber im Wagen zu lassen, auch wenn sie schon in einem Alter waren, wo sie nicht mehr so richtig an den Weihnachtsmann glaubten. Also folgte ich seinem Rat und schickte die Jungen zurück ins Auto.
„Was ist denn los?", fragte ich, als ich neben den beiden Männern stand.
„Großer Schlamassel", stöhnte Jussi, „der Weihnachtsmann ist verunglückt!"
Ich konnte mir ein Grinsen nicht verkneifen, was Jussi nicht entging.
„Du brauchst gar nicht zu grinsen", stutzte er mich zusammen, „komm mit und schau dir die Scheiße an."
Er packte mich am Arm und zog mich vorwärts an den

mit laufendem Motor stehenden Fahrzeugen vorbei. Dann sah ich die Bescherung. Mitten auf der Straße hockte der rotberockte Mann und schien zu heulen, während Tauno, unser Dorfsheriff, tröstend auf ihn einredete. Überall lagen bunte Päckchen und Pakete verstreut. Im Straßengraben befand sich ein arg ramponierter Schlitten, der sich zu einer Weiterfahrt nicht mehr eignete, und auch die Rentiere, die verängstigt an der Böschung kauerten, schienen nicht ohne Blessuren davongekommen zu sein.

Tauno winkte mich zu sich. „Hier", schnaufte er, „der Bruchpilot", und er zeigte auf den flennenden Weihnachtsmann, „will nicht aufstehen und die Straße frei machen. Heult die ganze Zeit nur vor sich hin und die Bescherungszeit rückt immer näher und dieser ... dieser Esel will seinen Pflichten nicht mehr nachkommen."

„Mensch Weihnachtsmann", sprach ich den schluchzenden Gabenbringer an und kam mir dabei ziemlich albern vor, „willst all den Kindern das Weihnachtsfest vermiesen. Reiß dich zusammen und rappel dich auf."

„Ich kann nicht. Ich kann nicht", jammerte der Verunglückte, „mein Schlitten ist kaputt, die Rentiere sind verletzt und können nicht mehr. Und wenn ich das meinem Boss erzähle, bekomme ich mächtig Ärger."

Ich richtete mich auf und zog Tauno zu Seite. „Der hat nen Schock, vollkommen fertig, den kannst du vergessen. Und außerdem hat der eine ganz schöne Fahne, den darfst du nicht mehr fahren lassen, auch keinen Rentierschlitten."

„Ich weiß, aber ich kann ihm ja kaum den Führerschein abnehmen oder in die Ausnüchterungszelle sperren. Also, was schlägst du vor, was sollen wir jetzt machen?", fragte er mich ratlos.

„Nimm den Knaben mit und sperr ihn in deine Ausnüchterungszelle, lass uns die Pakete einsammeln und dann müssen wir halt alle, die hier anwesend sind, Weih-

nachtsmann spielen."
Tauno überlegte einen Moment, dann blies er in seine Trillerpfeife, winkte alle Männer zu sich und verteilte die so eben beschlossenen Aufgaben.
Im Nu war die Straße geräumt, der Weihnachtsmann in der blauen Minna verfrachtet, ein Abschleppwagen für den Weihnachtsschlitten bestellt und die Rentiere vom Bauern Luhta, dessen Gehöft ganz in der Nähe lag, abgeholt. Der Stau löste sich auf.

Meine Jungs verfolgten das Geschehen mit großen Augen und wunderten sich über den vollbeladenen Kombi. Ihren Augen sah ich die Neugierde und Aufgeregtheit an, bis sie nicht mehr an sich halten konnten und mich mit Fragen bombadierten. Ich aber sagte ihnen nur, dass wir dem Weihnachtsmann aus einer Klemme helfen müssen und sie sich man keine Sorgen wegen der Bescherung machen sollten.

Zuhause hatte dieses Geschehen natürlich auch unseren ganzen Zeitplan durcheinandergebracht. Eigentlich war die Bescherungszeit ja immer gegen 18 Uhr. Doch wie sollte ich Weihnachtskaffee und –sauna in Anbetracht dessen, dass ich einen Teil der Weihnachtsmannbescherungstour übernommen hatte, unter einen Hut bekommen? Aber Riita, meine Frau, sagte lapidarisch: „Dann gib's die Geschenke eben etwas später." Und so geschah es auch. Ich ließ mir die Weihnachtsruhe nicht nehmen, trank mit der Familie gemütlich Kaffee, ging mit ihnen in die Sauna, schmückte mit den Jungen den Weihnachtsbaum und ging anschließend, als Weihnachtsmann verkleidet, unsere Straße ab und verteilte die Geschenke.

Als ich das letzte Geschenk abgeliefert hatte, bekam ich Mitleid mit dem armen Weihnachtsmann, der auf eisglatter Straße bei seiner Landung verunglückte, und beschloss, ihn aus Taunos Ausnüchterungszelle abzuholen und ihn zu uns nach Hause einzuladen. Dann würden meine Jungs wenigstens noch den richtigen Weihnachtsmann zu Gesicht bekommen. Doch als ich mich der Polizeistation, die sonst um diese Zeit im vollkommenen Dunkel und verlassen lag, näherte, sah ich nicht nur durch die Fenster eine grelle Beleuchtung, sondern hörte auch noch schräge Weihnachtslieder aus den Kehlen zweier nicht mehr ganz nüchterner Männer. Kaum hatte ich die Tür geöffnet, verstummte das Gegröle und die beiden Männer, die sich gerade umarmend mit hochrotem Kopf zuprosten wollten, blickten mich mit glasigen Augen an. Tauno raffte sich schließlich wankend auf und lud mich ein, an der feuchtfröhlichen Männerrunde teilzunehmen, aber ich lehnte dankend ab, verwischte mein schlechtes Gewissen gegenüber dem Himmelsmann und trottete nach Hause, um mit meiner Familie nach aufregendem Tag eine geruhsame Weihnachtsnacht zu verbringen.

Tannenbäume

Taunos Arbeitskollege hatte uns erlaubt, zum Heilig-Abend zwei Tannenbäume aus seinem Wald zu holen. Und da wir bis zum 23.12. noch bis mittags arbeiten mussten, verabredeten wir uns, am frühen Nachmittag dieses Tages in seinen Wald zu fahren.

Ungewöhnlich zu dieser Jahreszeit war es, dass wir noch keinen Schnee bekommen hatten; der zwischenzeitlich mal gefallene war längst abgetaut. Aber, so hieß es im Wetterbericht, die Chance auf weiße Weihnacht würde bestehen. Das ließ meine Jungs aber kalt. Ich sollte mit meinem Verwandten alleine die wieder bestimmt schwindsüchtige Tanne aus dem Wald holen. Im letzten Jahr, dass muss ich hier ja gestehen, hatte die geschlagene Tanne wirklich ein paar Zweige zu wenig gehabt.

Nun, Tauno holte mich noch bei Tageslicht ab und wir fuhren zu seinem Arbeitskollegen Eero. Zum Dank, dass wir von ihm zwei Tannenbäume kostenlos bekommen würden, nahm ich eine Flasche Weinbrand mit, die ich im Sommer bei unserem Aufenthalt in Deutschland gekauft hatte und die hier in Finnland immer ein gern genommenes Geschenk war. Als wir bei Eero auf den Hof fuhren, begann es leicht zu schneien. Also sollten wir uns beeilen, in den Wald zu kommen.

Aber Eeros Frau Helena wollte uns nicht aus dem Haus lassen, ohne dass wir bei ihr Kaffee getrunken und von ihrem frisch gebackenen Hefezopf gekostet hätten. Und Eero machte die geschenkte Flasche auf und goss jedem von uns ein Glas ein. Also wurde, zwar spärlich, wie es unter finnischen Männern so ist, geplaudert und von allem gut genossen. Als wir endlich aus dem Haus wollten, standen wir vor einer weißen Wand. Es schneite, als hätte der Himmel den Schnee von oben aus Säcken geschüttet. Man sah seine eigene Hand nicht mehr vor

Augen. Bei dem Wetter konnten wir unmöglich in den Wald fahren. Man musste also noch abwarten, dass der Schneefall nachließ. So gingen wir zurück ins Haus. Und da eine alte Regel besagt, dass Mann ja nicht auf einem Bein stehen könne, schenkte Eero noch einen Weinbrand ein.

Mittlerweile war es nicht nur durch den Schneefall draußen dunkel geworden und die weiße Pracht hatte eher an Stärke zu- als abgenommen. Was blieb uns anderes übrig, als im Haus auszuharren. Aber wir waren noch frohen Mutes, die Weihnachtsbäume aus dem Wald holen zu können. Womit konnte man sich die Zeit des Wartens vertreiben? Die Flasche Weinbrand war schon fast leer und wenn finnische Männer genug intus haben und nicht wissen, was sie tun sollen, heizen sie die Sauna an.

Entsprechend machte Eero Feuer im Saunaofen. Unsere Kontrollgänge zur Haustür ergaben, dass der Schnee nach wie vor in Massen vom Himmel fiel und ein Autofahren nicht möglich war. Abgesehen davon wäre in unserem Zustand dieses auch nicht empfehlenswert gewesen. Da blieb uns nur, unsere holden Ehefrauen anzurufen und mitzuteilen, dass wir uns verspäten würden. Doch Eeros Telefon gab keinen Piep von sich. Die Leitung schien unterbrochen. Oh, oh, oh, schwante uns, das wird Ärger geben. Die Frauen hätten dafür kein Verständnis.

In der Sauna machten wir uns keine Gedanken darüber. Wir saßen, schwitzten und schwiegen und rannten zur Abkühlung in den Schneesturm und wieder zurück in die Sauna. Und in diesem Rhythmus hatten wir den eigentlichen Sinn unserer Mission vergessen.

Als wir am nächsten Morgen in Eeros Wohnzimmer verkatert aufwachten, blendete uns durch das Fenster ein strahlender Tag entgegen. Nach einer Tasse Kaffee machten Tauno und ich uns auf den Weg, um die schönsten Tannen, die wir je hatten, in Eeros Wald zu finden. Die Ängste vor unseren Frauen, die sich immer wieder in den Vordergrund spielen wollten, vertrieben wir damit, dass wir uns gegenseitig beteuerten, dass wir aufgrund der Wetterlage ja nicht anders hatten handeln können.

Eigentlich fanden wir ja eine Winterwunderlandschaft vor, aber im Wald sah jetzt jede Tanne wir die andere aus: dick belegt mit Schnee, die Zweige bogen sich nach unten. Wir stapften durch den hohen Schnee, waren unschlüssig, welche Tannen unsere Weihnachtsstimmung erhellen sollten und entschieden uns schließlich für zwei, die wir schüttelten und vom Schnee befreiten, absägten und auf unseren Wagen luden.

Heute war Heiligabend, unsere Frauen würden in der Küche stehen und das aufwändige Festessen vorbereiten. Sicherlich in Sorge um ihre Männer, die es gewagt hatten, bei diesem Schneegestöber in die Wildnis hinauszutreten, um der Familie das Symbol der Weihnacht ins Haus zu holen. Wir waren aber auch darauf vorbereitet, eine Tirade an Beschimpfungen über uns ergehen zu lassen, dass wir sie in Sorge zu Hause gelassen hatten, ohne ihnen eine Nachricht übermittelt zu haben. Aber was fanden wir vor? Meine und Taunos Frau saßen bei uns in der Küche, schlürften ihren Kaffee und waren bester Laune. „Ach, seid ihr auch schon da?", wurden wir lachend empfangen. „Habt ihr mit den wilden Bären um die Tannen kämpfen müssen, oder warum hat das so lange gedauert?" Und dann lachten beide und wir wussten nicht, wie uns geschah. Dann kamen auch noch die Jungs heruntergepoltert und lästerten über uns, dass wir für zwei so mickrige Tannenbäume die ganze Nacht wegbleiben mussten.

Tauno und ich trollten uns nach draußen. Schüttelten die Bäume ab – nun gut, jetzt hier auf dem Hof betrachtet, waren es wirklich keine Schönheiten –, holten die Tannenbaumständer und eine Axt, spitzten die Stämme an, befestigten die Bäume in die Ständer und brachten sie jeder in sein Wohnzimmer. Schweigend und beleidigt holte ich den Tannenbaumschmuck vom Boden und begann, den Baum zu schmücken. Ich hörte nebenbei, wie Kirsti sich von meiner Frau verabschiedete. Dann stand mein Eheweib plötzlich neben mir, legte ihren Arm um meine etwas aus der Form geratene Taille und reichte mir ein Glas heißen Glöcki. „Schön machst du das", sagte sie, streichelte mir über die Wange und ging wieder in die Küche.

Tja, und ich dachte nur: Im nächsten Jahr kaufst du dir rechtzeitig endlich mal einen vernünftigen Tannenbaum.

Merry Christmas

Weihnachtsglocken läuteten. Sie hatten jenen besonderen Klang, den sie in den letzten Jahren um diese Zeit anzunehmen pflegten: wehmütig, melancholisch, traurig. Dabei, wenn Walter Müller sich richtig erinnerte, klangen sie früher doch nicht jedes Jahr so. Nein, als seine Frau noch lebte, die Kinder noch im Hause waren, da gaben sie einem so ein richtig feierliches, erhabenes Gefühl. Ja, so ein bisschen innere Ruhe vermittelten sie, und man sagte sich: ,,Schön, das gehört zusammen, Weihnachten und Kirchenglocken."
Wie traurig dieses Geläut aber stimmen konnte, empfand er zum ersten Male, als er vollkommen alleine das Fest der Liebe und des Friedens feiern sollte. Da war nichts mehr zu feiern, nur noch Wehmut und Traurigkeit fühlte er und die Einsamkeit wog doppelt schwer.
Mit den Jahren hatte er es immer noch nicht gelernt, mit diesem Fest umzugehen. Ostern, Pfingsten, das waren Feste, die konnte man überspielen. Aber Weihnachten? Nein, Weihnachten blieb ein ganz besonderes Ereignis. Die Stimmung, das Vibrieren in der Luft packte einen unweigerlich, ob man nun wollte oder nicht, man konnte sich einfach nicht ausschließen. Und doch, er war ausgeschlossen. Was war Weihnachten schon alleine?! Alleine in der Wohnung eingesperrt, ringsherum von weihnachtlicher Atmosphäre umgeben und doch irgendwie im luftleeren Raum.
Walter Müller verstand es nicht. Was war es, dass diese Tage aus der alltäglichen Einsamkeit hervorhob und noch einsamer machte? War es die absolute Ausgeschlossenheit, da jeder sich mit seinen Liebsten, und wenn auch nur an diesem einen Abend, friedlich zusammensetzte, Fremde draußen ließ?
Er hatte sich im dritten Jahr nach dem Tode seiner Frau seinen eigenen Heiligabend organisieren wollen. Kauf-

te sich einen kleinen Weihnachtsbaum, den er liebevoll wie in den Tagen, da die Familie noch zusammen war, schmückte, bereitete sich ein festliches Essen, aber als er dann die Gabel hob, essen wollte, da sah er den geschmückten Tannenbaum und das leere Zimmer, in dem er als einziger übriggeblieben war. Es schnürte ihm die Kehle zu, die gedämpfte Weihnachtsstimmung war dahin. Traurigkeit gesellte sich an die Stelle von Festlichkeit und übrig blieben wehmütige Erinnerungen. Er sah das glückliche Gesicht seiner Frau, als er ihr die Bernsteinkette schenkte. Margrit, die Jüngste, wie sie vergnügt mit der neuen Puppe spielte, und Hans, den Jungen, wie er mit dem Rennauto über den Teppich schob. Er sah die Kerzen am Tannenbaum, roch den Braten aus der Küche und spürte die Wärme der Menschen, die ihn umgaben. Aber nun, nun war der Raum kalt, der Braten roch nicht, die Kerzen flackerten nicht, und jenes erhabene Gefühl des Glücks, das man am Heiligabend empfindet, wenn die Familie friedlich versammelt ist, stellte sich nicht ein.

Walter Müller wusste genau, heute war Heiligabend. Es musste also ein besonderer Abend sein. Wenn aber das Besondere darin liegt, dass die Einsamkeit und Wehmut größer ist als an anderen Tagen, war es dann immer noch wert, diesem Tag besondere Aufmerksamkeit zu schenken? Das war ja das Schlimme: er wollte es nicht, aber die Umwelt zwang ihn dazu, um ihn dann gerade in diesen Stunden erbarmungslos alleine zu lassen.

Morgen würden die Kinder aus Amerika anrufen und „Merry Christmas" wünschen, als wenn sie nicht mehr wüssten, wie es auf Deutsch heißt. Aber sie hatten ja viel mehr als nur diese beiden Worte vergessen.

Der Weihnachtsmann hält seine Versprechen

Als armer Student hatte ich mir in der Weihnachtszeit als Weihnachtsmann etwas dazu verdient. Während ich in der Woche vor Heilig Abend im Kaufhaus kleine Kinder glücklich machen musste, sollte ich am Heiligen Abend bei Familien, die mich über die Agentur buchten, Geschenke verteilen.

Es war ein Tag vor dem Festhöhepunkt, als ich nach getaner Arbeit abgeschlafft das Kaufhaus verließ und über die Straßen nach Hause schlurfte. Ich hatte noch meine „Dienstkleidung" an und freute mich auf meine warme Einzimmerstudentenbude, als mich von hinten jemand am roten Mantel zupfte. Ich warf schnell die Zigarette weg, an der ich eben noch genussvoll gesogen hatte, rückte meinen Bart zurecht und spürte noch einmal, jetzt wesentlich energischer, das Zupfen an meinem Mantel. Ich drehte mich langsam um und entdeckte einen kleinen Jungen, der, ärmlich gekleidet, zu mir aufsah.

„Bist du der Weihnachtsmann?", fragte er mich.

„Ja, das siehst du doch", antwortete ich.

„Ich meine der richtige Weihnachtsmann, nicht der aus dem Kaufhaus", sagte der kleine Pöks.

Ich stutzte. Sollte ich bei der Wahrheit bleiben, oder galt es, einem kleinen Jungen die heile Welt zu erhalten. Ich entschloss mich, dem Jungen nicht das Weihnachtsfest zu verderben. „Doch, doch", entgegnete ich, „du siehst doch, ich habe den Mantel, die Hose, die Mütze und den Bart des richtigen Weihnachtsmannes. Also: Ich bin der Weihnachtsmann!"

Der kleine Junge atmete auf. „Das ist gut", sagte er, „Mama hat nämlich gesagt, dass der Weihnachtsmann in diesem Jahr nicht zu uns kommen kann … und da ich dich jetzt hier treffe …"

„Wie kommt deine Mama darauf, dass ich nicht zu euch

kommen kann", fragte ich mit tiefer verstellter Stimme.
„Sie sagt, der Weihnachtsmann kommt nur, wenn man ihn fürs Kommen bezahlt und sie hat kein Geld …"
„Und dein Papa, was sagt der?", fragte ich.
„Hab keinen Papa", antwortete der Dreikäsehoch.
„Wie, keinen Papa? Jeder hat doch einen Papa", sagte ich in meiner Naivität.
„Ich nicht. Mama sagt, der hat sich in Luft aufgelöst."
Ich musste mein Schmunzeln unterdrücken. „Gut, also du wohnst mit deiner Mama alleine. Hast du noch Geschwister?"
„Nein, Mama sagt, ich genüge ihr."
„Und wo ist deine Mama jetzt?", wollte ich wissen.
„Die arbeitet. Kommt erst spät nach Hause."
„Und du streunst hier so alleine durch die Straßen. Hast du niemanden, der auf dich aufpasst?"
„Nö."
„Keine Oma oder Opa, liebe Nachbarn?"
„Nö, Oma und Opa wohnen weit weg und die Nachbarn müssen alle arbeiten."
„Wo wohnst du denn?", fragte ich, aber der Kleine war nicht auf den Mund gefallen und antwortete, dass er mir das nicht sagen dürfe. Mama hätte ihm verboten, Fremden zu sagen, wo er wohne.
„Aber ich bin der Weihnachtsmann. Wenn du mir nicht sagst, wo du wohnst, kann ich morgen auch nicht zu dir kommen", sagte ich.
Der Junge sah mich mit strahlenden Augen an. „Du willst wirklich zu uns kommen?"
„Ja", antwortete ich, „jetzt, wo ich dich getroffen habe, da sind wir doch schon so etwas wie Freunde, oder?"
Wenn ich nicht gewusst hätte, dass erst am nächsten Tag die große Bescherung stattfinden sollte, ich hätte mich in diesem Moment schon reich beschenkt gefühlt. Diese glücklichen Augen, die mich da ansahen, mit so viel Hoffnung!

„Ja", seufzte der Kleine selig, „wir sind Freunde."
„Hast du denn einen Wunsch an den Weihnachtsmann?", fragte ich.
Der Junge kramte in seiner Jackentasche und holte ein zerknittertes Stück Papier heraus, das offensichtlich aus einem Spielzeugkatalog herausgerissen war. Er glättete das Papier mit seinen kleinen Händen und tippte auf ein Feuerwehrauto. „Das ist mein sehnlichster Wunsch", sagte er.
Ich wollte ihm das Papier aus der Hand nehmen, aber er wehrte sich, denn er habe ja sonst kein Bild mehr davon.
„Wenn der Weihnachtsmann, also ich, dir dieses Feuerwehrauto besorgen soll, dann muss er doch wissen, welches es sein muss. Du musst mir die Prospektseite schon geben."
Widerwillig ließ er das Papier los. „Und du versprichst, dass du mit dem Auto zu uns kommst? Morgen?", fragte er mit großen Augen.
„Ich werde mein Möglichstes tun", antwortete ich, ohne mir der Tragweite meiner Aussage richtig bewusst zu sein. „Und jetzt verrate mir, wie du heißt und wo du wohnst."
„Ich bin der Marvin und wohn hier gleich um die Ecke."
„Gut, Marvin, ich bringe dich jetzt nach Hause und morgen sehen wir uns wieder."
Ich begleitete Marvin nach Hause, ließ mir noch seinen Nachnamen sagen und schaute ihm zu, wie er im Mietshaus verschwand.
Mir war unter der Maske ziemlich heiß geworden. Erst jetzt wurde mir bewusst, worauf ich mich da eingelassen hatte. Ich nahm den künstlichen Bart ab und steckte ihn in die Manteltasche, wo es von der Prospektseite knisterte. Ich holte das Blatt heraus und besah mir das gute Stück, das ich dem Jungen versprochen hatte und das stolze fünfunddreißig Euro kosten sollte. Das war

fast mein ganzer Verdienst für die Weihnachtsmannrolle. Aber dann sah ich wieder diese glücklichen Kinderaugen, die konnte ich einfach nicht enttäuschen.

Von Studenten wird ja gesagt, dass sie lange schlafen. Stimmt ja auch im Prinzip. Aber am Morgen des Heiligen Abend konnte ich nicht früh genug aus dem Bett springen. Ich hatte mir die ganze Nacht darüber den Kopf zermartert, wie und wo ich dieses Feuerwehrauto bekommen und was ich Marvins Mutter als Geschenk mitbringen könnte. Alkohol schien mir nicht angebracht, wer weiß, vielleicht hatte sie Probleme damit. Parfüm schien mir zu anzüglich, Süßigkeiten lehnte sie vielleicht ab, weil sie dick machten. Es war einfach eine schwierige Kiste.
Dann besah ich meinen Plan, wo ich alles Kinder glücklich machen sollte. Um 19 Uhr 30 war mein letzter Auftritt, also konnte ich nicht vor 20 Uhr bei ihnen sein. Marvin wäre dann schon längst enttäuscht, weil er glauben würde, ich hätte mein Versprechen nicht gehalten. Aber wenn ich Marvins Mutter anrufen würde, dann wäre es keine Überraschung mehr. Ich besah meinen Besuchsplan noch einmal. Um 15 Uhr war der erste Termin. Also könnte ich doch vorher ... Doch bis 14 Uhr musste ich noch im Kaufhaus den Weihnachtsmann spielen. Es würde ein äußerst hektischer Weihnachtstag werden.
Rechtzeitig zur Geschäftseröffnung hatte ich im Kaufhaus meinen Posten bezogen. Aber ich war nicht so recht bei der Sache. Ich musste unbedingt dieses Feuerwehrauto besorgen. Und wenn die es nicht hier in ihrem Sortiment hatten, dann man gute Nacht. Es war einfach unfassbar, wie die Leute an diesem Tag noch ins Kaufhaus stürmten, als hätten sie nicht genug Zeit gehabt, in der Vorweihnachtszeit ihre Besorgungen zu erledigen. Ich verteilte routinemäßig die Süßigkeiten an

die Kinder, wünschte jedem eine frohe Weihnachtszeit und wartete nur darauf, dass ich in der mir zugestandenen Pause in die Spielwarenabteilung eilen konnte, um dieses rote Feuerwehrauto zu erstehen.
In der Spielwarenabteilung wurde ich freudig begrüßt. Die Kinder sahen mich mit großen Augen an und die Erwachsenen frotzelten, dass der Weihnachtsmann hier noch etwas kaufen musste, was er in der Weihnachtsmannwerkstatt vergessen hatte. Ich machte den Spaß mit und – tatsächlich, es gab dieses Feuerwehrauto. Nun noch ein Geschenk für Marvins Mutter. Aber was sollte man einer Frau schenken, die man nicht kannte. Ich kaufte eine Weihnachtskarte, steckte einen Zwanzigeuroschein hinein und klebte das Couvert zu. Dann eilte ich zurück an meinen Arbeitsplatz.
Als um 14 Uhr mein Dienst in dem Kaufhaus endlich beendet war, stürmte ich hinaus und lief mit wehendem Mantel und dem Paket mit dem Feuerwehrauto unterm Arm zu Marvins Mietshaus. Ich musste erst einmal verschnaufen, als ich vor der Haustür stand, bevor ich klingeln konnte.
„Wer ist denn da?", fragte eine zierliche Stimme aus der Sprechanlage.
„Der Weihnachtsmann", antwortete ich.
„Ich habe keinen bestellt", hörte ich noch, bevor der Lautsprecher verstummte.
Ich klingelte noch einmal.
Die Stimme in der Sprechanlage wirkte nun etwas gereizt.
„Was gibt es noch?", fragte sie.
„Ich bin ein Freund von Marvin", sagte ich.
Es blieb eine Weile still. „Und? Was wollen Sie?", fragte Marvins Mutter.
„Ich habe ein Geschenk für Marvin."
Wieder trat eine Pause ein, dann summte der Türöffner. Nun musste ich wieder meine Rolle als Weihnachtsmann einnehmen. Bedächtigen Schrittes schlurfte ich die

Treppen in den zweiten Stock hoch. Dort stand bereits Marvins Mutter, eine zierliche, junge Frau mit langen blonden Haaren, so als wäre sie gerade als Engel vom Himmel gefallen, vor der Wohnungstür und betrachtete mich mit argwöhnischen Augen.
„Ich habe Sie nicht bestellt", sagte sie und wollte sich umdrehen.
„Halt, so bleiben Sie doch", flehte ich. „Ist Marvin denn nicht da?"
Marvins Mutter zögerte. „Wenn nicht ich, wer hat Sie denn bestellt?"
„Marvin", antwortete ich. „Nun gönnen Sie doch Ihrem Sohn diese Weihnachtsüberraschung."
Nur widerwillig ließ sie mich in die Wohnung. Als Marvin mich erblickte, stürmte er freudig auf mich zu und umarmte mich. „Siehst du, Mama, ich hab's dir doch gesagt, das ist mein Freund, der Weihnachtsmann."
Ich überreichte Marvin das Paket und drückte Marvins Mutter den Umschlag mit der Weihnachtskarte in die Hand. Sie blieb stumm vor Überraschung und als sie sah, was Marvin aus dem Paket herausholte, liefen ihr Tränen über die Wangen. Marvin aber jubelte und tanzte mit dem Feuerwehrauto in seinen erhobenen Händen durch den Flur. „Siehst du, Mama, ich hab's dir doch gesagt, der Weihnachtsmann hält seine Versprechen."

Über den Autor

Erwin Plachetka wurde 1948 in Delmenhorst geboren. Nach einer kaufmännischen Ausbildung und anschließender Bundeswehrzeit zog er mit seiner finnischen Frau, mit der er seit 1970 verheiratet ist, nach Helsinki, wo er bis 1971 lebte und die finnische Sprache erlernte. Nach Deutschland zurückgekehrt, arbeitete er zunächst als kaufmännischer Angestellter in Hamburg und Bremen und machte sich dann mit einem finnischen Partner selbständig, baute einen Vertrieb für finnische Blockhäuser und Saunas auf. Ab 1983 arbeitete er in Bremen als Leiter kaufmännischer Vertriebsgruppen, zwischendurch erlangte er auf dem zweiten Bildungsweg die Fachhochschulreife für Germanistik.

Den ersten Gedichtsveröffentlichungen 1967 folgten zahlreiche Kurzgeschichten, Essays und Glossen, von denen etliche in Zeitungen und Zeitschriften veröffentlicht wurden. Er absolvierte ein Fernstudium für Prosa und Lyrik. Den ersten Romanversuchen folgten zehn abgeschlossene Romane, unzählige Gedichte und Songtexte für die Sänger Werner Johannes Duczek und Christian Singer, weit über hundert Kurzgeschichten und zwei Drehbücher. In seinen Erzählungen verarbeitet Erwin Plachetka häufig seine innige Beziehung zu Finnland und seinen Menschen. Er lebt heute in der Nähe von Delmenhorst/Ol. als Autor und Verleger.

Bitte beachten Sie auch diese Bücher:

Erwin Plachetka
RATTENERBE

Twentysix / 360 Seiten/
Hardcover mit Schutzumschlag
€ 23,99
ISBN 978-3-740728-71-7

Hans Lehmann wird durch die Einladung zu einer Testamentseröffnung aus seinem beschaulichen Leben gerissen. Denn sein als tot geglaubter Vater ist nach Kriegsende als ehemaliger SS-Offizier über die „Rattenlinie" nach Argentinien geflüchtet, wo er durch Rinderzucht ein Vermögen erwirtschaftet hat. Nun will er nach seinem Tod seinem Sohn einen Teil als „Entschädigung" vermachen, knüpft dieses aber an Bedingungen. Sollte er diese nicht erfüllen, wird den Erbteil eine rechtsgerichtete Organisation erhalten. Hans Lehmann will mit den Neonazis nichts zu tun haben, ihnen aber auch die im Testament aufgeführte Summe nicht überlassen und sieht sich ab da in einen Kampf um die Hinterlassenschaft hineingezogen, der ihn um sein Leben bangen lässt.

Erwin Plachetka baut in seinem Roman Rattenerbe einen Spannungsbogen auf, der von Anfang an Neugierde erweckt und dem Leser in einen indizierten Handlungsstrang einbindet. Man wird Teilnehmer einer Geschichte, die reale Wahrnehmungen mit fiktiven Sequenzen in ein Verwirrspiel integriert, sodass der Leser das Gefühl hat, von Anfang an zugleich Beobachtender und Mitfühlender zu werden, dadurch motiviert ist, nachfolgenden erzählerischen Details nahe zu sein und er damit dem roten Faden des Romans beeindruckt zu folgen vermag. Der Autor versteht es, einen anspruchsvollen historischen Konsens in einen erzählerischen Ablauf gekonnt einzusetzen.

(Dr. Werner Seibel)

LEMI
Roman
Arno Werth
Paperback   258 Seiten
ISBN 978-3.945441-31-2

Tauno Virtanen verlässt nach über 40 Jahren Deutschland, um in seiner Geburtsheimat Finnland Abstand von den Geschehnissen der letzten Zeit zu gewinnen. Er fühlt sich als Deutscher mit finnischem Pass, aber der Tod seiner Frau Sylvia und der Wandel in der politischen Landschaft Deutschlands ziehen ihn zurück zu seinen Wurzeln.

Mit seinem Hund glaubt er in der Abgeschiedenheit seines Hauses am See, in der Nähe seines Geburtsortes Lemi im Südosten Finnlands, Ruhe und inneren Frieden zu finden. Aber Vergangenheit und die sich veränderten Verhältnisse lassen ihn nicht den gewünschten Seelenfrieden finden. Im Gegenteil, er wird durch dramatische Ereignisse in die größte Krise seines Lebens gezogen.

LEMI ist ein fiktiver Roman, der es an Realität nicht vermissen lässt. Wirklichkeitsnah, romantisch sentimental und doch spannend und voller Dramatik.

Ein sprachlich feines Buch, unterhaltsam und packend, mit viel Stimmung im Text. Wirklich schön zu lesen, man will es von vorne bis hinten sofort packen, aber besser, man spart sich das Werk in zwei Teilen auf. Einmal Nachdenken über die Dinge gibt viel mehr. Handlungsverlauf und Milieuschilderung sind so genau und realitätsgetreu, dass selbst ich als Kenner des Landes davon begeistert war. Habe eine ähnliche Vita wie der Verfasser, kann echt mitfühlen, wie der Romanheld seine Existenz anzweifelt. Sehr empfehlenswert, auch für Nichtkenner des finnischen Milieus. M.R-R hätte vielleicht gesagt: das ist Literrrraturrrr die unter die Haut geht.
von
Dr. Bernd Liller

Die schlaflosen Nächte des Anton B.
Roman
Erwin Plachetka
Paperback   152 Seiten
ISBN 978-3-925580-13-0

Anton B. ist Journalist an der Kleinstadtzeitung seines Heimat-ortes. Er lebt mit der katholischen Flüchtlingstochter Ilse in wilder Ehe. Durch seine extreme politische Anschauung schafft er sich Feinde und verliert seinen Job und seine Lebenspartnerin. Er emigriert nach Helsinki, seiner Stadt, um dort in Ruhe schreiben und leben zu können. Aber die Vergangenheit bereitet ihm immer wieder schlaflose Nächte. Und eine fremde Frau beunruhigt ihn durch ihre Briefe. So deutet sich eine Traumzerstörung an, die den tragischen Helden seine Welt verlieren lässt.

RATATATA
oder
Kratschmanian - wehe wenn der Winterkommt
Roman
Erwin Plachetka
Paperback   174 Seiten
ISBN 978-3-925580-12-3

Kratschmanian symbolisiert die Generation der Verlorenen, die sich im Leben nicht zurechtfindet. Unentschlossen und ohne Ideale irrt er durch sein Leben, tingelt von einem Job zum anderen. Seine Unstetigkeit sieht er in seinem Geburtsort, einem Reichsbahn-waggon, begründet. So findet er sich auch immer wieder auf Bahnhöfen und im Milieu wieder. Ein turbulenter Roman, der den Leser mit auf eine Achterbahnfahrt nimmt.

Silberjubiläum
Roman
Erwin Plachetka
Paperback   242 Seiten
ISBN 978-3-940554-18-5

Drei ehemalige Schulfreunde treffen sich in Katwijk/Holland, um Lebenserfahrungen auszutauschen. So begründen sie jedenfalls gegenüber ihren Ehefrauen, die sie mitgenommen haben, ihr Treffen. Sie wollen ein Versprechen einlösen, das sie sich vor fünfundzwanzig Jahren gaben. Jedoch wird sehr schnell deutlich, dass der vorgegebene Grund nur ein Vorwand ist.
Der Roman schildert in beklemmender und spannender Weise die Auseinandersetzung von drei grundverschiedenen Männern, die mit ihrer Schuld unterschiedlich umgegangen sind und auch nun Schwierigkeiten haben, sich ihrer Schuld zu stellen. Der Leser wird unweigerlich in die Abgründe menschlicher Tragödien gezogen.

Detektiv Plotzke und der Lockenlude
Detektivroman
Erwin Plachetka
Paperback   178 Seiten
ISBN 978-3-925580-22-2

Detektiv Plotzke, ein Kerl wie ein Grashalm aber zäh und unerschrocken, hat lange keinen Auftrag erhalten. Da bekommt er an einem Tag gleich zwei. Er soll die Tochter eines reichen Fabrikanten suchen und er soll den Mann seiner Klientin bei der Geldübergabe einer Erpressung unauffällig beschützen. Bei der nächtlichen Geldübergabe wird der Mann seiner Auftraggeberin erschossen. Plotzke gerät in Verdacht, der Mörder zu sein. Zu allem Überfluss legt Plotzke sich auch noch mit einem russischen Zuhälter an. Von nun an ist sich Plotzke seines Lebens nicht mehr sicher.

**Detektiv Plotzke und
der Sog des Bösen**
Detektivroman
Erwin Plachetka
Paperback 220 Seiten
ISBN 978-3-925580-29-1

Nur fünf Minuten - na, ja, vielleicht auch zehn - hat Benno Plotzke den von ihm zu beschattenden Mann aus den Augen verloren und schon findet er diesen in einer Blutlache liegend auf der Straße wieder. Tot! Schnell bekommt der Detektiv heraus, dass sich der scheinbar biedere Tote mit der albanischen Unterwelt angelegt hat. Warum aber musste er sterben? Fragen über Fragen, die Plotzke in den Sog des Bösen hineinziehen, sodass er wieder einmal um sein Leben bangen muss.
In seinem zweiten Fall kämpft Benno Plotzke in gewohnt charmanter, amüsanter aber auch spannender Art und Weise gegen das Böse, bekommt die obligatorische blutige Nase und muss sich auf verschiedenen Schauplätzen zugleich durchsetzen.

**Detektiv Plotzke und
der verfluchte Glücksbringer
Detektivroman**
Erwin Plachetka
Paperback 188 Seiten
ISBN 978-3-940554-37-6

Ein scheinbar leichter Auftrag entpuppt sich für den Bremer Privatdetektiv als gefährliches Abenteuer. Er soll für seinen Auftraggeber den vermeintlichen Glücksbringer wiederbeschaffen. Doch als er das Objekt der Begierde ausfindig macht, klebt Blut an ihm und eine Leiche liegt daneben. Und Plotzkes Klient spielt auch ein falsches Spiel und bringt ihn in höchste Gefahr. Dazu bereitet ihm Oleg, der ukrainische Zuhälter, massive Schwierigkeiten. So steckt Benno Plotzke mal wieder in vielerlei Problemen, die es gilt, mit List und Ausdauer zu meistern.

SAANA
Geschichten einer deutsch-finnischen
Beziehung
Erwin Plachetka
Paperback   132 Seiten
ISBN 978-3-925580-16-1

In 23 Erzählungen, Kurzgeschichten und Essays spiegelt der Autor finnische Landschaft, Menschen und Lebensweisen wieder. Ob Geschichten aus Helsinki oder der Weite finnischer Wälder und Seen immer schimmert die tiefe Verbundenheit des Autors mit diesem Land durch. In liebenswerter Weise werden Menschen charakterisiert oder mystische, surrealistische Geschichten erzählt. Für Finnland-Kenner ein Lesemuss, für andere der Beginn einer neuen Freundschaft.

FRÄNK
und andere Erzählungen
Erwin Plachetka
Paperback   60 Seiten
ISBN 978-3-940554-42-0

In den Rocky Mountains gibt es viel zu entdecken. Da steht plötzlich Franz von Assisi als Skulptur. Sie nennen ihn da nur Fränk. Und hoch oben auf einem Bergplateau bekommt man das Gefühl, als höre man den Totengesang des sterbenden Navajo- Häuptlings. Da sind aber auch die alltäglichen Dinge, die es wert sind, erzählt zu werden. Das Problem mit einer Verkehrsampel oder die Rache eines Idioten und die Dramatik des Musikers mit dem ersten Ton. Auch Hasen, die sich bewaffnen, um gegen die Jäger sich zu verteidigen, kommen zu Wort. Und ebenso dramatisch wird es, wenn dem Lockruf des Meeres nicht widerstanden werden kann.

EPLA-Verlag

Am Teich 9
27777 Ganderkesee
tel.: 04221/850143
E-Mail: EPLA.Plachetka@t-online.de
www.epla-verlag.de

Internet-Buchladen:

www.epla-verlags-buchladen.de